Die weiße Traumkatze...
Band 2
Snil mi sie maly bialy kot

Weitere, abgeschlossene Fälle der mystischen Krimi - Thriller - Reihe von Roman Schmidt

Herstellung und Verlag: BoD - Books on Demand, Norderstedt
ISBN 978-3-8448-0597-0

Die vorliegenden Geschichten sind völlig frei erfunden. Ähnlichkeiten mit lebenden oder toten Personen sind keinesfalls beabsichtigt.
Sie wären rein zufällig.

Roman Schmidt MMXVI

Vorwort

„Mi sie snil maly bialy kot!"
Ich habe geträumt von einer kleinen, weißen Katze!
Dieser Satz begleitet mich mein ganzes Leben. Er war
von meiner Großmutter. Sie kam mit ihrer kleinen
Tochter im ersten Weltkrieg von der polnischen Grenze
ins Ruhrgebiet, um meinen Opa zu heiraten. Da ihre
Mutter, also meine Ur-Oma, Polin war, sprach meine
Oma damals kein Deutsch, konnte aber alles verstehen.
Sie muss nach Angaben meiner Eltern oft mit mir
gespielt haben, aber ich kann mich nur sehr schwach
daran erinnern, denn ich war erst 5 Jahre, als sie starb.
Wenn sie uns besuchte, so hat sie mich als erstes aus dem
Kinderbett geholt, auch wenn ich schlief.
(Was meiner Mutter schwer gegen den Strich ging!)
Auf ihrem Schoß hatte sie mir dann, obwohl ich nichts
verstand, polnische Geschichten erzählt und Kinderlieder
vorgesungen. Und immer wieder sprach sie diesen
geheimnisumwitterten Satz von der weißen Katze. Nach
vielen Jahren erklärte mir eine polnische Arbeitskollegin,
worum es dabei, ihrer Meinung nach, handelte.
Der Traum von der kleinen, weißen Katze!
Es soll dabei um Vorahnungen gegangen sein.
Ich bin ein realistischer Mensch, aber ich kann bis heute
nicht so ganz verstehen, wieso alle Ereignisse, die meine
Großmutter in ihren Träumen gesehen hatte, Wirklichkeit
wurden. Bekannte fürchteten sich vor ihren Gedanken,
aber für sie war das normal. Ob ihre Familie diese
unsäglichen, beiden Weltkriege überstehen würde? Sie
wusste es vorher. Sie hat meinen Vater mehrfach vor
drohenden Gefahren gewarnt, die ihm tatsächlich sonst

widerfahren wären. Sie war einfach ein Phänomen. Das brachte mich auf die Idee, ihr mit diesen erfundenen Geschichten zu gedenken. Ich bin mir darüber im Klaren, dass ich damit ein Thema aufgreife, das von vielen Menschen belächelt wird. Ich habe jedoch auch durch vielfältige, eigene Erlebnisse den Eindruck gewonnen, dass unser Leben (durch wen auch immer,) ständig begleitet wird. Beispiele könnte ich genügend anbringen. Ich kann sie weder erklären, noch beweisen. Man muss sich auf solche Dinge einlassen oder sie schlicht ignorieren. Ich möchte dabei jedoch den Blick auf Naturvölker und Medizinmänner lenken, die mit „spirituellen" Tänzen, wunderlich anmutendem Singsang und exotischen Pflanzen nachweislich erkrankten Mitmenschen helfen können. Die Aborigines Australiens, hätten beispielsweise ohne ihre „Geister" im kargen Outback nie überleben können. Und wie war es möglich, dass sie sich ohne große Hilfsmittel über Entfernungen von mehreren Meilen ihre Erlebnisse übermitteln und vor Gefahren warnen können?

Während meines ersten Mallorca-Urlaubs machte ich die Bekanntschaft eines Vietnamesen, der nachmittags in die Klippen ging, sich dort hinsetzte und Minuten später in einen traumähnlichen Zustand versank. Ich erinnere mich sehr genau daran, weil ich ihn oft dorthin begleitete. Da er kurz darauf nicht mehr ansprechbar war, hielt ich es höchstens eine halbe Stunde aus und ging dann alleine zurück. Wenn er zum Abendessen erschien, erzählte er uns, dass er bei seiner Familie in Vietnam gewesen war, da er sich wegen des damaligen Krieges in seiner Heimat gesorgt hatte, meditierte er. (Es gab damals noch kein mobiles Telefon!!!) Er wurde für seine Äußerungen von der damaligen Urlaubsgruppe mitleidig als Spinner abgetan und belächelt. – **Ich habe ihm geglaubt.**

Natürlich fließen solche Lebenserfahrungen in meine Geschichten ein und ich hoffe, dass Sie ein wenig darüber nachdenken. Vielleicht haben auch Sie, oder Sie einen Schutzengel, der begleitend darauf achtet, dass größeres Unheil von uns allen ferngehalten wird.

Ich achte jedenfalls mehr auf mein Gefühl und die innere Stimme, als manch ein Mitmensch, der solche Erlebnisse als Hirngespinste abtut oder mich mitleidig belächelt.

Ich bin bis heute sehr gut damit gefahren.

Sind Sie schon einmal scheinbar ohne ersichtlichen Grund nachts aufgewacht und haben intensiv an eine bestimmte Situation gedacht? Oder an eine Person, die jetzt ihre Hilfe benötigt?

Haben Sie sich ohne nachzudenken angezogen und sind hingefahren?

Mir ist so etwas schon passiert! Und wenn sich dann dieser Mensch dafür bedankt und sprachlos nach einer Erklärung sucht, woher ich das wusste, dann muss ich gestehen . . . . . ich weiß es nicht! Es kommt einfach so und ist da, dieses übermächtige Gefühl!

Ich könnte mir auch vorstellen, dass viele Menschen manchmal ein „mulmiges" Gefühl in der Magengegend verspüren, wenn es um wichtige Entscheidungen geht.

Solche oder ähnliche Warnungen des Unterbewusstseins, genau die meine ich. Man denkt manchmal: Ich ahne etwas! oder Das kommt mir aber merkwürdig vor.

Lassen Sie sich auf die Mystik meiner Romane ein. Und keine Sorge, denn diese Geschichten sind tatsächlich völlig frei erfunden . . . . . obwohl so manches Ereignis, wenn ich mich recht erinnere, gar nicht so abwegig ist.

Die weisse Traumkatze
Tödliche Neugier . . . .

„Andy, wir brauchen dich!" Hauptkommissar Stehler war am Telefon und sprach mit seinem langjährigen Freund Andreas Steffenson, der wieder in seiner alten Villa in Dibbersen wohnte und in besonders heiklen Fällen gerne bei der Mordkommission aushalf. Seine hellseherischen Fähigkeiten wurden von den Beamten in letzter Zeit öfter in Anspruch genommen, denn die vergangenen Jahre hatten immer wieder gezeigt, dass der Gelegenheits-Schriftsteller dank seiner Träume eine ausgezeichnete Wahrnehmung hatte. Seit zwei Jahren war er jetzt mit seiner karibischen Freundin Maria verheiratet und da sie ihr erstes Kind erwartete, hatte sich ihre bisherige, sorglose Art gewaltig geändert. „Sei vorsichtig!" rief sie ihm zu, als er in den zweisitzigen Mazda stieg und aus dem offenen Sportwagen zurückwinkte.

Sie hatte zwar immer noch großes Vertrauen zu ihm, doch als baldige Mutter machte sie sich verständlicherweise zunehmend Sorgen um sein Wohlergehen.

Eine halbe Stunde später saß Andreas im Büro des Kriminalbeamten, während im Besprechungszimmer nebenan immer noch eine Lagebesprechung mit den Kollegen der Mordkommission stattfand. Die Fenster waren dort abgedunkelt und während die Fotos des neusten Tatortes auf der Leinwand wechselten, erklärte der Chef, HK Stehler, worum es sich dabei handelte und welche ersten Erkenntnisse man gewonnen hatte. Als die

Besprechung zu Ende war, kamen Stehler, Carlson, Kröger und Bülow herüber in das Büro des Einsatzleiters, wo Steffenson solange gewartet hatte. Er sollte bei dem erneuten Mordfall mit den Beamten in gewohnter Weise zusammenarbeiten.

Details von der Besprechung wollte er nie vorher hören, denn er war es gewohnt, sich unvoreingenommen und alleine einen eigenen Überblick zu verschaffen. Dazu benötigte er zur Bestätigung oder Ergänzung seiner Erkenntnisse die Fotos und Berichte der Ermittler erst zu einem späteren Zeitpunkt. Der Hauptkommissar brauchte ihn den anderen Mitarbeitern nicht mehr vorzustellen, denn er ging in der Polizeidienststelle ein und aus. Andreas Steffenson lebte von dem üppigen Erbe, das sein Onkel ihm hinterlassen hatte.

Von seinen Geschichten, die er mehreren Verlagen angeboten hatte, war bis jetzt noch kein einziges Exemplar gedruckt worden. Er hatte sich wohl in der letzten Zeit zu intensiv mit den Kriminalfällen befasst, denn mit seinen Träumen und Wahrnehmungen hatte er den Beamten immer gute Hinweise geben können. Seine Storys in der Schublade konnten warten. Er schaute den Amtsleiter lange an: „Ich kann dir aber diesmal nichts versprechen, denn ich habe schon lange nicht mehr von der weißen Katze geträumt!" Für einen Außenstehenden wäre die Aussage eher verwirrend und unsinnig gewesen, aber Steffenson's Ermittlungserfolge in der letzten Zeit hatten die erfahrenen Beamten, wie bereits erwähnt, eines Besseren belehrt. Sie wussten natürlich sofort, wovon er da sprach. Er beobachtete genau, was er am Tatort vorfand und versuchte, sich in den oder die Täter hinein zu versetzen. Dann verknüpfte er seine Wahrnehmungen und die Träume, die ihm (hoffentlich auch diesmal wieder) eine Richtung, einen Hinweis geben würden. „Willst du jetzt gleich fahren oder vorher noch ein paar Details wissen?" Joachim schaute Steffenson an und der schüttelte den Kopf. „Jo, ich will vorher nichts von dem Fall wissen. Meine Traumkatze wird mir den Weg zeigen, sollte ich falschen Vorstellungen erliegen, so wäre das für alle fatal. Das verstehst du doch auch. Ich muss klar denken können und logische Fakten vor mir haben und die müssen von alleine kommen, mit Hilfe meiner Träume". „Wir verstehen dich vollkommen. In den vergangenen Tagen haben wir ein paar Anhaltspunkte gesammelt, aber die wollen einfach nicht so recht zusammenpassen, deshalb brauchen wir deine Meinung, deinen Rat. Wir stehen wieder mal unter Zeitdruck, das kennst du ja mittlerweile schon. Trotzdem habe ich Verständnis dafür, dass du die Sache so angehst, wie du es für richtig hältst." Steffenson stand auf: „Macht mir bitte Abzüge von den Fotos und legt eine Kopie des Berichtes dazu, dann sehen wir weiter. Ist der Tatort noch gesichert?" Während Stehler einem Beamten die geforderten Unterlagen zum Kopieren gab, schaute er fragend den Kollegen Carlson an, der diesmal für den Fall zuständig war. Als dieser bestätigend nickte, fuhr Andreas fort. „Gut, wer kommt mit?" Stehler stand sofort auf und begleitete seinen hellseherischen Berater, der sich den Tatort gründlich anschauen wollte. Der Kollege kam zurück und gab dem Leiter die Originale und die Kopien. „Hier, deine Mappe, alles schon vorbereitet!" Andreas nahm die Unterlagen zu dem aktuellen Fall und legte sie ungesehen in seinen Aktenkoffer. „Ich werde mich erst damit beschäftigen, nachdem meine Traumkatze im Schlaf bei mir war, wenn sie überhaupt noch einmal auftaucht! Danach vergleiche ich, ob es mit den bisherigen Erkenntnissen übereinstimmt." Die Beiden gingen die zwei Treppen hinunter in die Tiefgarage, wo Joachims Dienstwagen stand. Der Beamte sagte nichts, denn er bemerkte sofort, dass sich Andreas konzentrierte und hoffte natürlich, dass sich sein Freund ein ähnliches Bild von der Tat machen würde, wie sie seine Abteilung bisher erarbeitet hatte. Es war von Vorteil, dass sie sich mittlerweile so gut kannten, dass sie nicht mehr viel erklären mussten. Sie verstanden sich, wie man zu sagen pflegt, blind. Sie fuhren in den Bürgerpark an der Parkallee, ein nobles Stadtviertel, wo man ein solch scheußliches Verbrechen nicht vermutet hätte. Joachim dachte an die Bewohner, die schon ganz unruhig und ängstlich geworden waren, denn hier schienen schon der Postbote und der Zeitungsmann negativ aufzufallen. Der Mord hatte den Leuten trotz aller vorgespielten Sicherheit deutlich gezeigt, dass eine große Villa und viel Geld nichts nutzen, wenn es trotz Wachdienst möglich war, hier unter ihnen von allen unbemerkt ein junges Leben am hellen Tag auszulöschen. Andreas hatte seine Augen geschlossen und bemühte sich, einen geistigen Kontakt herzustellen, zu wem auch immer. Es tat sich nichts! Joachim konnte seine Neugier kaum zügeln: „Nun, zeigt dir deine Katze was?" Andreas schüttelte den Kopf. „Joachim, wie lange kennen wir uns jetzt? So geht das nicht! Ich habe einfach so und auf mein Verlangen bisher noch nie eine Verbindung zu ihr gehabt. Entweder mein vierbeiniger Freund kommt zu mir und macht mich auf irgendetwas aufmerksam, oder. . "

Joachim lächelte: „Wird schon, wird schon! Schau dir zuerst die Wohnung an!" Andreas schloss die Augen. Die Beamten vor Ort waren abgezogen worden, um nicht noch mehr Unsicherheit unter den Nachbarn zu schüren. Alle Zeugenbefragungen waren im Sande verlaufen. . . Spuren gaben es genügend und alle deuteten darauf hin, dass die ermordete, junge Frau hier eingebrochen war. Andreas, der schon vorher zwei Mordfälle mit den Kollegen der Mordkommission mit Erfolg hatte lösen können, sollte lediglich die Bestätigung bringen, um den Fall abschließen zu können. Könnte Steffenson überhaupt hier helfen? Bei den beiden vorherigen Fällen war es um ihn und seine eigene Sicherheit gegangen. Diesmal würde sich nun beweisen müssen, ob er auch von der weißen Katze träumen würde, wenn es um eine fremde Person ging. Joachim parkte den Wagen und während sie auf die Bungalows in dem eingezäunten Park zugingen, drückte er den gummierten Knopf seines Zündschlüssels. Mit dreifachem Blinken war der Wagen verschlossen. Andreas blieb stehen. Er hatte den Kopf gesenkt und die Augen geschlossen, nachdem ein kleiner, heller Schatten direkt vor ihm über die Straße gehuscht war. Joachim stand mit dem Schlüssel vor der Haustür und wollte gerade das verklebte, polizeiliche Papiersiegel entfernen. Er drehte sich noch einmal zu seinem Freund um und bemerkte erst jetzt, dass sein Partner ein paar Meter entfernt unter einem Baum stand und sich den Kopf hielt. Er ging zurück und berührte Andys Arm. „Kommst du?" doch sein Partner reagierte nicht. Andreas konzentrierte sich, denn er hatte in einem flüchtigen Tagtraum seine weiße Katze gesehen, die ihm hier wichtige Hinweise geben wollte.

Er hatte immer noch seine Augen geschlossen und murmelt kaum verständlich: „Da stimmt etwas nicht!" Dann öffnete er die Augen und schaute Joachim erstaunt an: „Was ist?"

Der Kommissar zeigte hinter sich: „Wir sind da, kommst du?" Andy straffte seinen Körper: „Ich weiß, Joachim, ich weiß." Er war von seinen Einrücken gefangen und schüttelte ungläubig den Kopf: „Faszinierend! Sie war da, eben. Ich hätte nicht geglaubt, dass sie mich jetzt schon bei Tage besucht! Sie wird wiederkommen, ich spüre das!"
Joachim schwieg, denn er merkte, dass etwas in seinem Freund vorging. Andy rieb Zeigefinger und Daumen beider Hände so aneinander, als würde er Münzen zählen. „Es kribbelt!" sagte er nur und ergänzte, als er dem Beamten folgte: „Sag jetzt nichts mehr, bitte!" Joachim durchtrennte die beiden Siegel, die im Rahmen klebten und schloss die Tür auf. Dann trat er zurück und ließ Andreas in den Flur gehen. Die Jalousien waren heruntergelassen und tauchten den unteren Wohnbereich in ein schummriges Halbdunkel. Andreas hob mit geschlossenen Augen den Kopf. Er schien zu ahnen, was der Beamte vorhatte: „Kein Licht, lass mich jetzt alleine!" Joachims Hand zuckte vom Schalter zurück. Er drehte sich um, denn er wollte Andys Konzentration nicht stören. Langsam ging er auf der Straße hin und her. Seltsam war dieser Fall schon, denn die junge Frau, die man hier tot in der Wohnung gefunden hatte, wohnte ein paar Häuser entfernt. Es handelte sich um die Tochter eines Anwalts, dem die Angelegenheit mehr als peinlich war, als man ihn von dem tragischen Tod seines Kindes

in der Wohnung seines Klienten informiert hatte. Er konnte sich beim besten Willen nicht erklären, was seine Tochter dorthin getrieben hatte. Der Hausbesitzer war zurzeit auf einem Kongress in London und hatte angeblich nicht die geringste Ahnung, was das Mädchen in seinem Haus gewollt hatte.

Alles schien darauf hinzudeuten, dass sich die Tote tatsächlich mit Gewalt Zutritt verschafft hatte. Offenbar war sie, oder ihr Mörder gewaltsam hier eingebrochen, denn die hintere Balkontür war aufgehebelt. Oberflächlich betrachtet fehlte in den Räumen nichts! Die Hausangestellte hatte vor zwei Tagen ihren wöchentlichen Reinigungstag gehabt und war völlig überfordert, als sie die Tote hier vorfand. Andreas hatte weder den Namen noch die Adresse der Ermordeten, denn bei der kurzen Einweisung im Revier war es nur um die Auswertung der Fotos und die damit verbundene Arbeitseinteilung der ermittelnden Beamten gegangen.

Sicher hatten sie schon einen ersten Überblick, der schlüssig erschien. Nur Andreas hatte berechtigte Zweifel, dass die Sachlage so eindeutig sein sollte. Während der Beamte draußen vor dem Haus wartete, stieg er im Dunkeln die Treppe herauf und ging zielstrebig ins Schlafzimmer in der oberen Etage.

In der Ecke, direkt hinter der Tür stand ein dunkelbrauner, lederner Ohrensessel. Dort setzte er sich hin, die Augen immer noch geschlossen und stützte den Kopf in beide Hände.

Eine ganze Zeit lang meditierte er so und ließ den Geruch und die düstere Atmosphäre auf sich wirken. Dann hob er den Kopf und blinzelte in den Raum. Durch die nicht ganz geschlossenen Rollos drangen helle Streifen des Dämmerlichtes und ließen kleinste, flimmernde Staubpartikel erkennen, die durch das Zimmer tanzten. Sie verklumpten zu einem Nebel und ließen plötzlich eine kleine Gestalt erkennen, die neben dem Bett kniend in der entgegengesetzten Ecke werkelte. Jetzt tauchten zwei weitere Schatten auf, die in den Raum sprangen und die zierliche Gestalt mit Wucht auf das Bett warfen. Andy konnte in seinem Tagtraum nichts hören aber es schien, als würden sie eindringlich auf sie einzureden, bis alle innehielten und sich zur Tür wandten. Andreas sah die Gestalten deutlich vor sich. Zwei kräftige Männer mittleren Alters, von denen einer der jungen Frau den Mund zuhielten.

Man schien sich angeregt zu unterhalten, bis einer die Geduld verlor und mit seiner Faust brutal in das Gesicht des liegenden Mädchens schlug. Beide nahmen danach die bewusstlose Frau und trugen sie nach unten. Andreas spürte, wie die weiße Katze um seine Beine schlich, als ein erstickter Schrei aus dem Untergeschoß zu hören war. Erschrocken sprang sein vierbeiniger Freund auf die Fensterbank und verschwand. Der Spuk war vorbei und alles war wieder so dunkel, wie vorher. Dann hörte er eine Stimme, die seinen Namen rief. Erst ganz dumpf, dann immer heller, bis er mit stechenden Kopfschmerzen aufwachte.

Die grelle Deckenbeleuchtung war eingeschaltet und Joachim stand vor ihm. „Du hast mir Angst gemacht! Zwei Stunden hab ich draußen auf dich gewartet und jetzt regnet es. Wieso bist du hier oben?" Andy musste seine Gedanken ordnen, denn er stand immer noch unter dem Eindruck seines Traums.

Er wollte und konnte darauf nicht antworteten. Leise flüsterte er nur: „Weil genau hier, in diesem Zimmer alles angefangen hat!" Er stand auf und Joachim folgte ihm verwirrt. „Was? Was hat hier angcfangen? Sie wurde im Wohnzimmer umgebracht. Das steht einwandfrei fest!" Andy drehte sich zu ihm um: „Joachim! Warum war sie vorher hier im Schlafzimmer? Und wer waren die beiden Männer, die sie misshandelten, bevor sie das Mädchen töteten?"

Der Beamte war sprachlos. Andreas hatte den Bericht noch nicht einmal gelesen, kein einziges Bild gesehen und wusste Details, die die Spurensicherung erst in mühsamer Kleinarbeit herausgefunden hatte.

„Was ist denn da in der Ecke?" fragte er und ging um das Bett herum. Dann bückte er sich und starrte auf die Tapete. „Hallo? Andy? Suchst du was?" Steffenson stand auf. „Deine Kollegen sollen sich die Ecke hier genauer ansehen. Ich kann da nichts entdecken, aber die Frau schien genau an der Stelle etwas Interessantes gefunden zu haben!" Jetzt kam auch Joachim hierher, wischte mit dem Handrücken über die Wand und schaute ihn verständnislos an. „Hier?" wiederholte er so, als hätte er seine Worte nicht richtig verstanden. „Warum hier?" Andreas stand auf und drehte sich noch einmal zu ihm um. „Weil sie wahrscheinlich dort etwas gefunden hatte und deshalb ermordet wurde!" Dann stieg er die Treppe wieder herunter und ließ seinen staunenden Freund zurück, der immer wieder ergebnislos mit beiden Händen die Wand abtastete.

Als Stehler endlich auch heruntergekommen war und neue Papiersiegel auf den äußeren Rahmen der Haustür geklebt hatte, stand Andy auf der anderen Straßenseite

wartend am Auto. „Drückst du schon mal die Türen auf, ich friere!" Joachim beeilte sich und hob den Autoschlüssel. Die Blinklichter zeigten, dass die Verriegelung jetzt offen war. Andy saß schon auf dem Beifahrersitz, als Joachim einstieg. Der Kriminalbeamte schaute seinen Freund lange von der Seite an, doch der schien seinen Blick überhaupt nicht wahrzunehmen. Andreas hatte wieder beide Augen geschlossen und nickte diesmal leise flüsternd so, als würde er sich tatsächlich mit irgendjemandem unterhalten. Dann schaute er den Kommissar plötzlich mit großen Augen an: „Warum fährst du nicht?" Der Beamte sagte nichts, startete und fuhr zügig nach Dibbersen. Auf dem ganzen Weg war Andreas in seine Akten vertieft. Beide sprachen kein Wort. Erst als der Wagen vor der Villa stoppte, hob Andy den Kopf, schaute sich um und öffnete sofort die Autotür. „Denk an die Spurensicherung! Die hintere Ecke im Schlafzimmer ist sehr wichtig! Ich melde mich morgen und vielen Dank fürs Bringen!"
Bevor er die Wagentür zuschlug, rief ihm Joachim noch zu: „Vielen Dank zunächst! Du hast mich wieder mal zum Grübeln gebracht! Grüß Maria!" Dann ließ er den Wagen wieder zurück auf die Straße rollen. Während der Beamte noch einmal zur Villa hochschaute, war Andy schon im Haus verschwunden.
„Da haben wir womöglich zu früh die falschen Schlüsse gezogen!" murmelte er und gab Gas. Andreas ging in die Küche und nahm Maria in die Arme. „Na, Schatz? Geht's euch gut?" Sie nickte, tätschelte ihren Bauch und forderte ihn auf, Teller aus dem Schrank zu holen. Er folgte der Aufforderung, stellte das Geschirr ab und machte sich einen Cappuccino, seiner Frau einen Kakao. Zuerst

wollte er sich stärken und nach dem Essen mit den Fotos, Berichten und Akten ins Arbeitszimmer zurückziehen. Als erstes galt es herausfinden, was die junge Frau in der fremden Wohnung gewollt hatte. Es war ein anstrengender Tag und er hatte die letzten Stunden nichts mehr gegessen. Von entspannen war jetzt keine Rede mehr, denn sein Jagdtrieb war geweckt. Zu deutlich waren die Hinweise, die er gewonnen hatte.

Er saß mit Maria am Küchentisch, trank seinen Cappuccino und genoss sein Lieblingsessen, Bratkartoffel mit Rührei. Sie schaute ihn dabei verträumt an, denn sie hatte vorher schon alleine gegessen. Sie wusste, dass sie nichts fragen sollte, denn er würde von alleine anfangen zu reden, wenn ihm danach war.

Er schob den letzten Bissen in den Mund und spülte mit einem letzten Schluck das Essen herunter. „Lecker, wie immer mein Schatz. Ich muss arbeiten." Sie nickte und räumte das benutzte Geschirr in die Spülmaschine. Andreas lief mit den Unterlagen die Stufen hinauf ins Arbeitszimmer und schloss die Tür. Normalerweise aßen sie um 18.ooh zu Abend. Maria hatte alles vorbereitet und schaute auf die Küchenuhr, die über dem Tisch an der Wand hing. Es war schon 19.3oh als sie endlich oben die Tür des Arbeitszimmers hörte. Kurze Zeit später kam Andreas zu ihr: „Entschuldigung, aber ich musste mich in den neuen Fall erst reinlesen. Der Bericht von den Kollegen und meine Erkenntnisse klaffen weit auseinander." Er nahm sie in den Arm und legte seine flache Hand auf ihren Bauch. „Sie wird es nicht einfach haben, mit so einem Papa!" Maria schaute ihn lächelnd an: „Er, Andy! Er! Es ist ein Junge!" Andreas ging zum Schrank und öffnete eine Flasche Rotwein. „Es macht dir

15

wirklich nichts aus, wenn ich alleine trinke?" Sie schüttelte den Kopf: „In ein paar Monaten werde ich das nachholen, glaub mir! Me crea!" Sie setzten sich und er nahm einen Schluck des vergorenen Rebensaftes, der sich angenehm in seinem Innersten ausbreitete. Maria hatte sich ein Glas Wasser genommen. Danach nahmen sie schweigend das Abendessen ein, bevor Andreas schon ins Wohnzimmer ging. Sie folgte ihm etwas später, nachdem sie das Geschirr in den Automaten gestellt hatte und setzte sich ans linke Ende des Sofas. Andy stellte die Flasche Rotwein samt Glas auf den Tisch und schaltete mit der Fernbedienung die Flimmerkiste ein, um die Abendnachrichten zu sehen. Maria kam mit einem Glas heißer Milch und legte, wie fast jeden Abend, ihre Beine auf seinen Schoß. Er massierte dann ihre Füße, wie er das oft zu tun pflegte. Sie konnte sich so am besten entspannen, schloss dankbar die Augen und rutschte in eine liegende Position.

Die Nachrichten wurden gerade von der Wettervorhersage abgelöst und der Spielfilm begann, als ihn seine Gedanken wieder eingefangen hatten. „Wieso musste sie sterben?" murmelte er geistesabwesend. Sie öffnete mühsam ein Auge: „Andreas Steffenson!" sagte sie bestimmt: „Feierabend! Morgen ist auch noch ein Tag!" Er massierte kräftig ihre Fußsohle: „Hast ja Recht, Maria!" murmelte er und beugte sich vor, damit er mit der rechten Hand den Tisch erreichte. Nun nahm er sein Glas, prostete ihr zu und trank es aus. Maria bekam davon nichts mehr mit, denn sie war eingeschlafen. Nur ab und zu, wenn er versuchen wollte, mit dem Massieren ihrer Füße aufzuhören, murrte sie im Schlaf, bis er wieder einen Fuß nahm und weitermachte. Damit hatte er etwas angefangen, das er nicht mehr so schnell loswerden würde. Es war für seine Frau tiefste Geborgenheit, wenn sie sich so entspannt und glücklich in ihre Decke einrollte. Erst als der Film vorbei war und der Abspann lief, musste er sie wecken, um an die Fernbedienung zu kommen. Sie blinzelte ihn an, stand auf und schaukelte zur Treppe: „Schaust du noch?" Andreas schüttelte den Kopf, schaltete den Fernseher aus und nahm einen Zettel aus der Schublade. „Ein paar Notizen noch, dann komm ich auch! War ein anstrengender Tag." Maria nickte, immer noch im Halbschlaf und ging langsam die Treppe hoch.

Er hatte wundervoll geschlafen und sich entspannt. Als er auf die Uhr schaute, musste er erstaunt feststellen, dass es kurz vor Mittag war. Maria hatte ihn schlafen lassen und alleine gefrühstückt. Sie war froh, dass er in der letzten Nacht keine wilden Träume gehabt hatte. Sie hätte es bemerkt, denn dann redete er im Schlaf wie ein Wasserfall und wachte meist danach schweißgebadet auf. Diesmal schien die weiße Katze aber Mitleid mit ihm gehabt zu haben. Maria hörte, wie oben der Wasserhahn abgedreht wurde und schüttete Kaffee in seine Tasse. Kurz darauf stand er in der Küche hinter ihr. „Morgen", flüsterte er und umschlang ihren füllig gewordenen Bauch liebevoll. „Stell dir vor, ich habe . . ." weiter kam er nicht, denn sie ergänzte sofort den angefangenen Satz: „ diesmal nicht von der weißen Katze geträumt! Ja, weiß ich!"
Er ließ sie los und drehte sie sanft zu sich um: „Maria! Träumst du auch von ihr?" Sie verdrehte die Augen: „Andy, Andy! Du solltest einmal sehen, wie intensiv du

17

in den Kissen wühlst, wenn das Traumvieh bei dir ist! Meinst du, das geht spurlos an mir vorbei?" Sie sah ihm in die Augen: „Ich sag dir was, Andreas Steffenson . . ." Andy ahnte, dass jetzt nichts Gutes kommen würde, denn wenn sie ihn so förmlich mit seinem kompletten Namen ansprach, so musste er auf der Hut vor ihrem karibischen Temperament sein. Aber der erwartete Ausbruch blieb diesmal wider Erwarten aus. Es waren womöglich doch nur die veränderten Hormone ihrer ersten Schwangerschaft, die sie emotional anders reagieren ließ, denn sie vervollständigte ihren angefangenen Satz lediglich mit: „Du hast einen Sch . . . Job!" Dann schüttelte sie den Kopf und kam auf ihn zu. Sie breitete ihre Arme aus und genoss seine Nähe: „Aber ich liebe dich!" Andy drückte sie: „Ich weiß, mein Schatz, aber willst du, dass ich damit aufhöre und solche Ungerechtigkeiten zu unserem Alltag gehören?" Sie legte den Kopf an seine Schulter und antwortete dabei: „Natürlich nicht, aber achte auf dich". Sie zeigte auf ihren Bauch: „ . . . und denk auch an ihn!" Andy löste sich von ihr, nahm sie bei der Schulter und schaute sie an: „Bist du dir sicher, dass es ein **er** wird?" Sie lächelte und scherzte: „Das hat mir deine weiße Katze im Traum gesagt!" Steffenson ging an ihr vorbei und schaltete den Kaffeeautomaten ein: „Maria, Maria! Damit scherzt man nicht. Ich weiß, dass sie da ist, wenn auch nur in meinen Träumen!" Sie ging die Treppe hoch, um die Betten zu lüften und rief ihm zu: „War ein Spaß! Ich spür das doch auch! Ich glaube eher, dass es eine „weise" Ratgeberin ist, la gata blanca! Machst du mir einen Kakao? Die Frühstückseier sind gleich fertig."

Nachdem sie wieder herunter gekommen war, setzten sie sich an den Tisch. Der dampfende Kaffee und ihr Kakao rochen angenehm. Andreas nahm ein Ei aus dem Topf, köpfte es und stellte es seiner Frau hin, dann schreckte er sein Ei ab und schob die abgeschlagene Kuppe genussvoll in den Mund. „Nimm nicht so viel Salz . . . das ist schädlich für dein Herz und die Kleine!" Sie ignorierte seine Bitte, nahm das kleine Porzellan-Schwein und ließ ein wenig von den weißen Kristallkörnchen auf den goldgelben Mittelpunkt im Ei-Becher rieseln. Er schaute sie verträumt an.

„Das war Mord, aber wohl nicht geplant!" sagte er unvermittelt so, als wäre Maria mit allen Einzelheiten vertraut. Sie löffelte die Schale leer und schaute ihn an: „Wo bist du?" „Naja, der neue Fall! Ich war gestern mit Joachim in der fremden Wohnung, wo man sie gefunden hatte."

Er erzählte ihr, worum es diesmal ging und was er bisher vermutete. „Ich nehme an, dass sie überrascht wurden und Angst vor Entdeckung hatten. Da war keine Zeit mehr, die Leiche verschwinden zu lassen. Das ist mit Sicherheit ein peinlicher Aspekt für den Hausbesitzer. Ich bin aber irgendwie doch davon überzeugt, dass der mit da drin steckt!" Maria nickte, konnte aber seinen Gedanken nicht folgen. „Triffst du dich heute mit Stehler?" Wollte sie wissen und Andreas antwortete mit einer Gegenfrage: „Warum? Hatten wir etwas vor?" Maria zeigte auf ihren Bauch: „Kinderwagen kaufen, vielleicht? Schon vergessen? Wir wollten doch nach Bremen und Babysachen kaufen. Wenn der Kleine da ist, muss er doch auch irgendwo schlafen. Ein Bett, Wickeltisch usw. Immer wieder hast du gesagt, dass wir damit noch Zeit hätten aber in zwei Monaten ist der voraussichtliche Geburts-Termin. Ich möchte das jetzt endlich erledigen!" Andreas sah das ein. Er konnte am Nachmittag immer noch ins Präsidium fahren. „Ich ruf Joachim an, danach können wir los!" Er stand auf, wählte die Mordkommission. Joachim war direkt am Apparat und bevor er etwas sagen konnte, sprudelte der Kriminalbeamte sofort los: „Du hattest Recht! Die Spurensicherung ist immer noch am Tatort. Sie sind tatsächlich im Schlafzimmer fündig geworden. Was sie da gefunden haben, wird dich interessieren!" Andreas antwortete: „Heute Vormittag muss ich mit Maria ein paar Besorgungen machen. Ich komme am Nachmittag aufs Revier." Damit legte er zufrieden auf, denn mit seiner Information, die er als Traumvision in der Wohnung gehabt hatte, schienen sie bei der Kripo ein gewaltiges Stück weiter gekommen zu sein. Er ging in den Flur und zog seine Jacke an: „Ich bin fertig, wir können!"

Es dauerte doch etwas länger mit dem Einkauf, denn gerade wenn sie sich einig geworden waren, sah Maria noch etwas Besseres. „Was hältst du davon? Ist das nicht viel zweckmäßiger als das andere hier?" Andreas nickte resigniert, denn er sah auch bei näherem Betrachten keinen gravierenden Unterschied und bat Maria, sich endlich zu entscheiden. „Du willst mich nicht verstehen! Es ist auch dein Kind und ich will . . . . . " er unterbrach ihren Redefluss, entschuldigte sich und dachte an die Frauenärztin, die ihm gesagt hatte, dass er die hormonellen Veränderungen seiner Frau wohlwollend begleiten sollte. Sie durfte sich nicht aufregen. Er schaute auf seine Armbanduhr: 13.3o h! Sie hatten noch nicht zu Mittag gegessen, er wollte noch ins Präsidium und bis auf den Kinderwagen hatten sie noch nichts anderes kaufen können. Seine Geduld sollte sich jedoch endlich auszahlen, denn eine erfahrene Verkäuferin musste sein stilles Leiden erkannt haben und kam ihnen zu Hilfe. Da sie von ihren drei Kindern sprach, bevor sie auf die Babysachen einging, schien Maria von ihrer Erfahrung angetan und bejahte die dargebotenen Sachen wesentlich schneller. Andreas brauchte nur noch heimlich nach dem günstigeren Preis zu schauen und entscheiden. Eine Stunde später hatte er eine überglückliche Ehefrau neben sich im Wagen, die sich immer noch über die hervorragende Bedienung freute. Als Andreas die Sachen in das vorbereitete Kinderzimmer gebracht hatte, ging er in die Küche. „Fährst du jetzt noch nach Bremen?" fragte sie ihn und er nickte. „Es scheint wichtig zu sein, wir können danach essen!" Maria zeigte auf den brodelnden Kochtopf und die Pfanne mit den zwei Steaks, die auf dem Herd standen. „Ich werde gleich essen! Du kannst das ja kalt genießen, wenn du wieder zurück bist!" Er sah ihr verschmitztes Grinsen, nahm sie in den Arm und biss ihr zart in den dargebotenen Hals: „Chica, du weißt doch genau, dass ich kalte Steaks hasse!" Er nahm Teller und Besteck aus dem Schrank. „Wie lange müssen die noch? Ich will nicht im Dunklen fahren und Joachim hat nicht ewig Dienst!" Maria hatte die Augen geschlossen und antwortete genervt: „ . . . ocho, nueve, diez, pst! Ich zähle la minutos, sonst beschwerst du dich gleich, wenn das Fleisch nicht preciso „ingles" ist!" Andreas stellte die Teller auf den Küchentisch und ging vorsichtig ins Wohnzimmer. Er durfte sie nun nicht weiter stören, denn wenn sie nervös wurde, rutschten ihr immer noch ein paar Brocken der spanischen Muttersprache heraus. Er nahm sein mobiles Telefon und rief seine Kollegen in der Mordkommission an: „Es ist später geworden, als ich dachte. Braucht ihr mich heute noch?" Joachim schien auf den Anruf gewartet zu haben und antwortete spontan: „Komm zum Tatort. Wir sind mit den Experten hier im Haus von Dr. Gartmann. Bülow ist auch hier. Du weißt noch, wo das war?" Andreas musste lächeln und antwortete nicht auf diese Frage. Er beendete das Gespräch mit dem knappen Satz: „In spätestens einer Stunde bin ich da!" Danach setzte er sich an den Tisch, während Maria ihm die Pfanne hinhielt. „Schneide eins auf und schau nach, ob es so gut ist." Andreas legte ein Steak auf seinen Teller und teilte es mit dem scharfen Messer. Er schaute auf die Schnittkante, die saftig-rosa leuchtete. „Perfekt Maria, absolut perfekt!" Er schloss die Augen und genoss das saftige Fleisch, während ihm seine Frau eine Folienkartoffel und frischen Salat auf den Teller legte. Als sie gegessen hatten, stand Maria auf und räumte das Geschirr in die Spülmaschine. „So, du kannst fahren." Andy stand auf, nahm den Autoschlüssel und ging zur Tür: „Bis gleich!" rief er, warf ihr eine Kusshand zu und zog die Tür ins Schloss. Er fuhr in Bremen-Arsten auf die Bundesstraße 6, wechselte am Flughafendamm in nord-östliche Richtung auf die Friedrich-Ebert-Straße, überquerte die Weser und blieb dann am Ufer hundert Meter stromaufwärts bis zum Altenwall, fuhr über die Rembertistraße, unter der Bahnlinie durch den Tunnel und bog hier ab, in die „Hermann Böse Straße" dann war er „Am Stern". Von dem Platz verteilten sich fünf Straßen. Die große

Parkallee brachte ihn nun endlich an sein Ziel. Vor dem Haus standen zwei Beamte, die ihn freundlich grüßten, als er den Wagen abstellte. Offensichtlich hatte ihn Joachim schon angekündigt. Die Haustür war zwar verschlossen, doch bevor er klingeln konnte, stand schon ein Beamter neben ihm: „Sie gestatten, Herr Steffenson!" Er öffnete ihm die Tür und ließ ihn eintreten: „Ich soll Ihnen ausrichten, dass die Herren im Obergeschoss sind." Andreas betrat zum zweiten Mal das Haus und ging zielstrebig die Treppe herauf: „Joachim?" rief er im Flur und die Antwort kam sofort aus dem Schlafzimmer. „Hier sind wir!" Die Beamten hatten die Betten zur Seite geschoben, um an der hinteren Wand besser arbeiten zu können. Die tapezierte Klappe hatte Andreas beim ersten Mal nicht finden können. Sie stand jetzt offen und man arbeitete an einer weiteren, tiefer liegenden Safe-Tür. „Da habt ihr es doch gefunden!" sagte Andreas. Joachim war nicht ganz so euphorisch. „Wird sich noch zeigen. Wir können nur versuchen, den Tresor hier zu öffnen, denn er ist fest eingemauert." Dann flüsterte er ihm ins Ohr: „Ein wenig heikel ist das schon, denn wir haben zwar einen Durchsuchungsbeschluss, aber den Safe öffnen, ohne den Hausherrn . . . . das ist etwas anderes!" Andy beruhigte ihn: „Ich bin mir sicher, dass etwas Wichtiges drin ist! Warum hätte Alice sonst sterben sollen?" Joachim nahm seinen Arm: „Komm nach unten! Sascha ist hier und wartet darauf, helfen zu können! Ich habe ihn vorsorglich mitgenommen, denn ich glaube, wenn dieser Gartmann wirklich keine reine Weste hat, wird er doch nicht so blöd sein, ihn belastendes Material zu Hause aufzubewahren!" Mittlerweile waren sie in der Küche angekommen, wo sie sich freundlich begrüßten.

„Auch einen Kaffee?" fragte Sascha und hielt Andreas seine Thermoskanne hin. Er lehnte dankend ab und schaute auf den Tisch, wo der aufgeklappte Rechner des Beamten stand. Bülow bemerkte seinen Blick: „Ich warte darauf, dass man mir eine CD, einen USB-Stick oder sonst was von oben bringt. Ich kann mir nicht denken, dass es sich um unverschlüsselte Daten handelt, wenn die da oben überhaupt fündig werden!" Andreas war optimistisch: „Sie werden! Warte ab. Wir können ja wetten!" Sofort drehten sich die beiden Beamten ab: „Mit dir? Wetten? So dumm sind wir auch nicht! Nicht nach den Dingen, die du geträumt hast!" Sie saßen noch eine Weile zusammen, als sich plötzlich Unruhe im Flur bemerkbar machte. Der Leiter der Spurensicherung kam herein: „Eine gute und eine schlechte Nachricht. Welche zuerst?" Joachim schaute ihn an: „Die schlechte!" Der Beamte atmete tief ein: „Wir haben eben einen Anruf bekommen, dass der Hausherr gegen die Durchsuchung Einspruch eingelegt hat. Wir müssen sofort hier abbrechen, denn der ist schon auf dem Flughafen!" Die Männer schauten sich resigniert an. So kurz vor dem vermeintlichen Ziel? Einfach aufgeben? Joachim drehte sich um: „Und die gute Nachricht?" Der Beamte schien darauf gewartet zu haben, denn er hob seine Hand und zeigte dem Wartenden eine CD. „Wir haben nicht viel Zeit, dann muss die wieder im Safe liegen! Der soll nicht erfahren, dass wir seinen Tresor öffnen konnten!" Sascha nahm einen formatierten USB-Stick aus seinem Koffer und steckte ihn in sein Notebook. „Das kopiere ich! Fünf Minuten, schnell!" Er legte die CD ein und startete das Programm. Während sich der grüne Balken auf dem Bildschirm langsam nach rechts arbeitet und immer länger wurde, ging Joachim mit dem Beamten nach oben. „Stellt alles wieder so hin, wie es war!" Der Leiter nahm das vorher gemachte Foto und ordnete danach an, wie und wo der Sessel und die Betten zu stellen waren. Nur die verdeckte Klappe in der Wand, hinter der sich der Safe befand, war noch offen. Da kam Sascha nach oben und gab ihnen die CD. „Fertig! Den Rest mache ich im Büro, kommt ihr?" Nach weiteren 10 Minuten standen alle draußen. Joachim klebte neue Papiersiegel an die Haustür, bevor sie zum Wagen gingen. „Abmarsch! Der wird gleich im Präsidium sein. Er soll rumgeschrien haben wie ein Prolet. Hat wohl tatsächlich etwas zu verbergen, unser Herr Doktor." Nach weiteren Minuten waren sie im Präsidium angekommen und eilten nach oben. Schon im Treppenhaus hörten sie die laute Stimme: „Wer hat das angeordnet!" Dr. h.c. Frederic Gartmann stand im Flur und schrie einen Polizisten an, der gerade aus einer Tür kam. „Wie? Was? Wer sind Sie und was wollen Sie von mir?" Gartmann hatte einen hochroten Kopf: „Wo ist der Leiter? Dieser, Moment . . ." er blätterte in seinen Notizen aber noch bevor er fündig wurde, ging Joachim ruhig auf ihn zu. „Herr Gartmann?" Der Angesprochenen sah ihn wütend an: „Dr. Gartmann, wenn ich bitten darf! Sind Sie der Leiter?" Joachim machte eine eindeutige Handbewegung und forderte den aufgebrachten Mann auf, in sein Büro zu kommen. „Ich bin nur der kleine Beamte, der die Hausdurchsuchung beantragt hatte. Aber warum regen Sie sich bloß so auf? Sie wissen doch, dass man eine Leiche in Ihrem Haus gefunden hatte, oder nicht? Also!" Unwirsch murmelte der Geschäftsmann ein paar beleidigende Worte, die Stehler einfach überhörte. Es war schon sehr bezeichnend für die Kriminalbeamten, dass dieser Mann so überstürzt zurückgekommen war und sofort vom Flughafen zu ihnen kam, mit dem Gepäck im wartenden Taxi vor dem Präsidium. Andreas setzte sich an die hinterste Wand und war hinter dem Aktenberg nicht von dem Hausbesitzer bemerkt worden, der sich vor Wut schnaubend in den Stuhl fallen ließ. Stehler stellte seine Kollegen Carlson und Kröger vor. Als er Blickkontakt mit Andreas hatte, sah er dessen Kopfschütteln und wandte sich wieder seinem Gesprächspartner zu. „Bevor Sie sich unnötig aufregen, sage ich Ihnen, dass wir noch gar nicht dazu gekommen sind, ihr Haus gründlich zu durchsuchen. Wir mussten lediglich den vermeintlichen Tatort entsprechend dokumentieren. Ich versichere, das ist reine Routine! Wie würden Sie verfahren, wenn Spuren am Tatort gesichert werden müssten?" Gartmann legte seinen Mantel über die Stuhllehne: „Das Schreiben! Zeigen Sie mir den Beschluss, mein Haus zu durchsuchen! Ich lehne das strikt ab! Ich habe mit der ganzen Sache nichts zu tun! Diese Einbrecherin! Wohl so eine Alternative, die sich wichtig tun wollte. Wissen Sie denn, wie sie sich Einlass verschafft hatte und woran Sie gestorben ist?" Joachim nahm bewusst langsam den Ordner, obwohl er genau wusste, was er sagen wollte. „Die Kopfverletzung . . ah, hier steht es: Die Kopfverletzung kann nicht durch einen einfachen Sturz erfolgt sein. Sie wurde ermordet! Zweifelsfrei handelt es sich um Fremdeinwirkung!" Er blinzelte dabei über das Papier und achtete auf die Reaktion des Wissenschaftlers, der ein Taschentuch nahm und sich den Schweiß von der Stirn wischte. „Was reden Sie da? Sprechen Sie von Mord! Wieso sind Sie sich so sicher, dass es Mord war?" Stehler nahm sich wieder übertrieben viel Zeit, denn sein Gegenüber war ihm äußerst unsympathisch: „Herr . . . . ähh, " dann betonte er die nächsten Worte extra deutlich: „Herr Doktor!" Wieder zögerte er, um den Mann noch nervöser zu machen und zu einem Fehler zu verleiten: „Sie beraten meines Wissens einen Rüstungskonzern und das sehr gut, nehme ich an! Und wir suchen einen Mörder! Zweifele ich an Ihrer Kompetenz? Nein! Also, dann lassen Sie mich genauso meine Arbeit machen und ich versichere Ihnen: Ich werde mit meinem Team alles daransetzen, die beiden Männer zu fassen, die der jungen Frau gefolgt waren . . . . in welchem Auftrag auch immer! Guten Tag, ich glaube, mehr ist dazu im Augenblick nicht zu sagen. Ein Beamter wird Sie begleiten, denn ich verzichte auf eine weitere Unterhaltung. Sie haben mir dennoch sehr weitergeholfen." Stehler ging zur Tür und öffnete sie. Gartmann war irritiert. „Halt! Woher wollen Sie wissen, dass es zwei Männer waren?" Der Beamte lächelte: „Fragen Sie sich nicht, wie diese Männer in Ihr Haus gekommen sind?" Er sah dem Chemiker fest in die Augen, aber er erwiderte nichts darauf. Er nahm seine Aktentasche, den Mantel und ging wortlos in den Flur. Stehler hatte ihn absichtlich mit den Ereignissen konfrontiert, die er von Steffenson bekommen hatte und deren Wahrheitsgehalt noch keineswegs bewiesen war. Als Stehler wieder im Büro war, setzte er sich und stützte sein Gesicht in beide Hände. „Ihr könnt mich Kasperle nennen, wenn der nicht Dreck am Stecken hat!" Andreas kam aus seiner dunklen Ecke und legte die Hand auf die Schulter des Kripobeamten. „Ich fand, dass du das Klasse gemacht hast! Aber wo ist Kröger?" Stehler hob den Kopf: „Der hat die erste Schicht! Ich werde diesen Kerl rund um die Uhr bewachen lassen." Er griff zum Hören und wählte eine Nummer: „Hallo Sascha? Wie weit bist du?" Er horchte in das Gerät und an seinem Gesicht sah man, dass es eine gute Nachricht war, die er da hörte. Mit den Worten: „Bis gleich!" beendete er das Gespräch und sah Carlson an. „Wo habt ihr sie im Haus platziert? Und wie gut ist die Reichweite?" Carlson hatte den Auftrag seines Chefs ausgeführt, während die Spurensicherung den Safe untersucht, geöffnet und anschließend alle Dokumente dupliziert hatte, bevor sie die Räumlichkeiten wieder so hinterließen, wie sie alles vorgefunden hatten. „Also, zwei sind im Wohnzimmer, je eine in Küche und Schlafzimmer, das müsste genügen!" Andreas sah seine Kollegen erstaunt an: „Wovon sprecht ihr da?" Beide standen auf: „Komm, das sagen wir dir unterwegs. Wir gehen zu Sascha, der hat die Kopien der Dateien entschlüsselt." Sie gingen zum Aufzug und Andreas erfuhr von den Beamten, dass sie nach diesem Fund für alle Fälle unbemerkt das Haus des verdächtigen Wissenschaftlers verwanzt hatten. „Wie machen wir das mit dem Observieren?" Carlson entgegnete: „Kennst du das Kaffeehaus am Emmasee?" Stehler schüttelte den Kopf: „Kennen ist zuviel gesagt. Im Bürgerpark ist ein solches, glaube ich. Meinst du das?" Carlson nickte: „Genau! Einer unserer Beamten hat dort ein Zimmer gemietet. Das ist noch genau in unserer „Reichweite". Er hat es gestern getestet, der Empfang ist hervorragend! Gartmann kann kommen." Joachim hielt Andreas am Ärmel fest: „Ich will noch etwas mit dir besprechen." Als sie Platz genommen hatten, fing Stehler sofort an: „Wir vermuten, dass die Ermordete im Schlafzimmer die CD vergeblich gesucht hatte. Das wir sie gefunden haben, verdanken wir deinem Tipp. Sie muss in den Unterlagen ihres Vaters etwas gefunden haben, was sie dazu veranlasst hatte. Aber so wie es aussieht, scheint die Sache unserem Dr. Gartmann über den Kopf gewachsen zu sein, denn das macht doch überhaupt keinen Sinn, dass sie ermordet wurde, obwohl sie die Unterlagen nicht gefunden hatte. Wie siehst du das?" Andreas wollte darauf antworten, als ihm Stehler ein Schriftstück gab. „Ließ das. Der vorläufige Bericht, den Sascha von der CD erstellt hat, war . . . inoffiziell, versteht sich. Das sind geheime Daten vom Ministerium für Verteidigung und Staatssicherheit. Damit kann ein Laie nichts anfangen, es sei denn . . . . " Stehler schaute seinen Freund an und wartete auf seine Reaktion. „Du meinst, Spionage?" Joachim nickte. „Wir wissen bloß nicht, ob er die CD schon vorher weitergegeben hatte!" Andreas schüttelte den Kopf: „Eine Kopie, meinst du? Das glaub ich nicht, denn der war so nervös, dass ich fest annehme, dass das Geschäft entweder zu platzen droht oder kurz bevor steht. Es kann nur so sein, dass Alice in den Unterlagen ihres Vaters auf den Namen eines Klienten gestoßen war, der in illegale Waffengeschäfte und Unterschlagungen verstrickt ist. Ihren Vater, den Notar Dr. J. von Brentow haben wir befragt. Er hat das zum Teil so bestätigt und sich angeblich, nach seinen eigenen Aussagen daraufhin geweigert, den korrupten Geschäftsmann weiter zu vertreten. Als seine eigene Tochter dann aber private Nachforschungen anstellte, war für Gartmann das Maß voll. Er gab den Befehl, an ihr ein Exempel zu statuieren um damit den Vater zum Einlenken zu bewegen. Die beiden „Body-Guards" sollten ihr einen Schrecken einjagen, von Mord war nie die Rede gewesen." Andreas grübelte laut darüber weiter, denn sie waren dabei, eine gewagte These aufzustellen. „Sie wusste aus den Akten, dass er seine brisanten Unterlagen lieber zuhause in einem Safe aufbewahrte, als sie im Schließfach einer Bank zu wissen. Diesen Safe hatte er erwähnt, als er mit Brentow zusammen war. Alice konnte die entsprechende, handschriftliche Kurznotiz ihres Vaters entziffern. Sie fand daraufhin die übertapezierte Stahltür des Geldschranks, wie erwartet im Schlafzimmer neben dem Bett, nachdem sie über den Balkon in sein Haus eingestiegen war. Alice konnte ihn nicht öffnen, da sie weder den Schlüssel, noch die Kombination hatte."

Joachim blätterte in den Unterlagen, drehte dann das Papier um und zeigte mit dem Finger auf eine Textstelle. „Wir haben Hinweise, dass Gartmann aussteigen wollte. Alice war auf seiner Spur aber diesen letzten Auftrag wollte er sich von ihr nicht vermiesen lassen. Seine Männer sollten ihr deshalb einen Denkzettel verpassen. Dass sie aber bei ihm einbrach, war für die Männer ein Alarmzeichen. Sie mussten handeln. Dabei wurden sie überrascht und Alice tot aufgefunden, nur weil die Putzfrau alles vermieste. Was hätten sie anders machen sollen? Gartmann war verärgert. Seine Männer waren eindeutig zu weit gegangen. Allen war bekannt, dass ihr Vater für ihn tätig war. Und dann wurde sie in seiner Wohnung zum Schweigen gebracht. Bevor sie die Leiche heraus schaffen konnten, hatte die Putzfrau gestört. Sie konnte nicht ahnen, was sich gerade abgespielt hatte und wurde von den beiden Männern, die sie öfter mit ihrem Chef zusammen gesehen hatte, aufgefordert, das Haus wieder zu verlassen. Sie sollte verleugnen, an diesem Tag hier gewesen zu sein. Die Nachricht über den gewaltsamen Tod der Jungen erfuhr sie einige Tage später und ging mit ihrer Aussage darüber sofort zur Polizei. Es lag nun an den Beamten, den Mord auch nachzuweisen. Gartmann wollte aussteigen, denn die ganze Sache wurde ihm zu heiß. Aber durch den ungeplanten Mord hatte ihn der ausländische Geheimdienst wieder in der Hand. Als man seinen Unmut bemerkte, drohte man ihm, dass auch er einen Unfall haben könnte, sollte er die geheimen Unterlagen nicht in spätestens einer Woche durch seinen Rechtsanwalt als Boten an sie übergeben.

In der Villa des Wissenschaftlers

„Ich habe wegen euch die größten Scherereien! Warum habt ihr sie da nicht rausgebracht und irgendwo an der Weser verschwinden lassen, ihr Trottel? Bei mir in der Villa . . . . ich fass es nicht! Mein Auftrag an euch war sonnenklar: Wenn sie unbequem wird, dann sollte sie einen Denkzettel bekommen, mehr nicht. Nur wenn sie etwas gegen mich herausfindet, wäre die Lage kritisch geworden. Aber direkt ermorden? Was wusste sie denn? Nichts, sage ich euch! Gar nichts! Und nun habe ich die Kripo am Hals. Das wird schwierig, die wieder los zu werden . . . es sei denn . . . . “ ein hinterhältiges Lächeln huschte über sein Gesicht. „Es sein denn, ein weiterer Mord geschieht. Mit ähnlichen Merkmalen, jedoch ohne Verbindung zu ihr. Das wird sie auf eine falsche Fährte locken! Lasst euch was einfallen und überlegt gut, denn das seid ihr mir schuldig!“ Gartmann redete wie ein Wasserfall. Hätte er gewusst, dass seine Zimmer von der Kripo verwanzt waren - er wäre stumm geblieben, wie ein Fisch. Aber das Glück, wenn man das in diesem Fall denn so nennen darf, war tatsächlich auf seiner Seite. Kröger hatte zwar in dem Kaffeehaus am Emmasee sein Zimmer bezogen und war dabei, die Aufzeichnung zu starten, als er nur noch den Rest der Unterhaltung mitbekam. Das Band hatte nichts davon aufgezeichnet. Wie sollte er diese Pleite seinem Chef beichten? Unterdessen redete Gartmann weiter auf seine Männer ein. Er saß in der Zwickmühle! Ausgerechnet jetzt wollten seine ausländischen Auftraggeber weitere Informationen über geheime Rüstungsvorhaben der Regierung, deren Kenntnis er durch die Beratungen hatte. Brisante Details, neueste Formeln für Nervengifte und Präzisionsgewehre für Hochgeschwindigkeitsmunition, die bei den kleinsten Verletzungen einen tödlichen Schock verursachten. Streng geheim! Hochverrat, Spionage . . .wie sich das anhörte! Er wollte aussteigen und sich mit dem bisher illegal erworbenen Geld absetzen. „Fünfundfünfzig ist ein gutes Alter!" hatte er vorsorglich schon einmal im Verteidigungsministerium erwähnt, um seine Pläne zu unterstreichen, endlich aufzuhören. Dieser Mord an der Notars Tochter und die erneuten Forderungen seiner Auftraggeber kamen jedoch völlig überraschend und demnach im ungünstigsten Augenblick. „Die CD!" schoss es ihm durch den Kopf. Seine Lebensversicherung, denn er hatte alle wichtigen Daten darauf gespeichert. Nur sein Name tauchte nirgendwo auf. Er würde sagen, dass ihm die Datei zugespielt wurde und dafür zum Abschied gelobt werden. Wer würde annehmen, dass er selber tief in diesem Sumpf steckte? In einer Woche war es soweit, bis dahin musste er seinen Job ganz normal weitermachen, damit keiner einen Verdacht schöpfen konnte. „Ich muss nach

Hamburg. Wenn ich wieder zurück bin hoffe ich, dass ihr meinen Rat befolgt habt und wieder Ruhe eingekehrt ist. Haben wir uns verstanden?" Seine beiden Bodyguards Igor und Boris nickten, waren aber wütend darüber, dass er ihre Arbeit so schändlich bewertete. Als sie draußen vor dem Haus alleine waren, machte Boris seinem Ärger Luft. „Fünftausend hatte er versprochen! Für jeden! Dieses Schwein! Jetzt will er uns die Sache in die Schuhe schieben und mit reiner Weste dastehen. Keinen Cent hat er gezahlt. Das wird er mir büßen!" Sie verabredeten sich für den nächsten Tag und gingen zu ihren Autos. Während Igor mit quietschenden Reifen davonfuhr, stieg Boris wieder aus und ging zum Kofferraum. Er hatte noch etwas Wichtiges zu erledigen.

Am nächsten frühen Morgen kam eine Meldung über den Verkehrsfunk: „Die A1 ist ab Anschlussstelle Sittensen in Fahrtrichtung Hamburg nach einem schweren Unfall gesperrt. Eine weiträumige Umleitung ist ausgeschildert. Die Aufräumarbeiten werden voraussichtlich noch zwei Stunden andauern. Bei dem Verkehrsunfall wurde ein Mann tödlich verletzt. Nach ersten Erkenntnissen handelt es sich wohl um den wissenschaftlichen Berater eines Rüstungskonzerns." Joachim schreckte auf. Er bekam routinemäßig etliche, solcher Nachrichten auf seinen Rechner, aber eine böse Vorahnung sagte ihm, dass dieser Unfall womöglich sehr wichtig werden würde, denn so viele wissenschaftliche Berater gab es nun auch wieder nicht. Er erkundigte sich sofort bei der zuständigen Autobahnpolizei, um darüber mehr zu erfahren. Es handelte sich dabei tatsächlich um Dr. h.c. Frederic Gartmann. Die näheren Umstände waren jedoch noch nicht geklärt, da bei dem Wagen plötzlich der rechte Vorderreifen geplatzt war und sich das Fahrzeug deshalb sofort mehrfach überschlagen hatte. Dabei wurden weitere Fahrzeuge in den Unfall verwickelt, jedoch blieb es bei den anderen Autos bei Blechschäden. Später erst stellte man fest, dass sich unter dem Kotflügel ein Sprengsatz mit Fernzünder befunden hatte. Daraufhin suchte man Augenzeugen, die Angaben zum Unfallhergang machen könnten. Resigniert lehnte sich Stehler in seinem Bürostuhl zurück: „Ausgerechnet jetzt, wo wir bald fast am Ziel waren, wird der umgebracht! Jetzt heißt es wieder einmal: Alles auf Anfang! So ein verfluchter Mist!"

Boris war wenige hundert Meter hinter Gartmann auf der Autobahn, als er den Sprengsatz fernzündete. Eiskalt stoppte er den Wagen und nutzte die entstandene Verwirrung, um zwei Dinge zu erledigen. Erstens musste er sich vergewissern, dass Gartmann auch wirklich tot war und zweitens wollte er an den Safe Schlüssel. Von Igor wusste er, dass der korrupte Wissenschaftler ihn immer an einer kleinen Kette um den Hals trug. Als er am Unfallwagen ankam, warteten einige Schaulustige in respektvoller Entfernung und bestaunten das zerbeulte Wrack, gut zehn Meter neben der Schnellstraße. Die verkeilten, anderen Autos standen kreuz und quer auf der Fahrbahn. Bei denen hatte es nur Blechschaden gegeben. „Kann ich helfen? Ich bin Arzt!" behauptete er frech, um sich Zutritt zu Gartmanns Wagen zu verschaffen, bevor die Polizei eintraf. Trotz des ausgelösten Airbags hatte Gartmann keine Chance gehabt und war mit dem Kopf beim Überschlagen mehrfach gegen die Seitenscheibe geschmettert worden. Entsprechend deformiert war sein Schädel. Boris war skrupellos. Er öffnete dessen Hemd und riss den begehrten Doppelbartschlüssel an sich. Gerade als er ihn in seiner Tasche verschwinden ließ, kam die Polizei. „Weg hier! Machen Sie die Unfallstelle frei! Wer sind Sie?" Boris richtete sich auf: „Ich kam zufällig hier vorbei und wollte erste Hilfe leisten aber da ist nichts mehr zu machen, der Mann ist tot!" Er ließ dem Beamten den Vortritt und ging zu seinem Wagen zurück. Inzwischen hatte man eine Spur für den Verkehr an der Unfallstelle freigemacht. Boris stieg unbehelligt ein und fuhr langsam an den stehenden Autos vorbei. Man würde das als einen normalen Unfall mit tödlichem Ausgang sehen, hoffte er. Leider war seine Hoffnung vergebens.

Er hatte sich gerade hingelegt, als sein mobiles Telefon klingelte. Igor war in der Leitung. Er schien sehr nervös zu sein. „Hast du die neusten Nachrichten gehört?" Boris tat gelangweilt: „Igor? Was willst du? Meinst du das mit unserem Freund? Was hast du erwartet? Ich lass mich nicht hinhalten! Auch nicht von Gartmann! Was denkt der sich? Frag nicht, sei froh dass er um ist! Wir haben einen neuen Auftraggeber, der wenigstens zahlt. Geh zum Briefkasten, da müsste eine Nachricht für dich sein. Wir sehen uns morgen!" Er legte auf, bevor Igor etwas sagen konnte. Während Boris seine erhaltenen Geldscheine vom Tisch nahm, ging auch Igor zum Briefkasten und entnahm den Umschlag ohne Absender. Als er den oberen Rand abgerissen und den Inhalt auf sein Bett geschüttet hatte, strahlten seine Augen: „Fünftausend Euro!" Er nahm das Schreiben und las die neuen Anweisungen, die nicht von Gartmann stammen konnten. Ein Hintermann musste von dem Deal gewusst haben und nutzte jetzt offensichtlich aus, dass der wissenschaftliche Berater tödlich „verunglückt" war. Er wollte dafür die geheimen Unterlagen Gartmanns, um selbst das Geschäft mit einem östlichen Geheimdienst abzuschließen. „Sie und Boris sind die Richtigen für diesen Job, denn ihr habt beide die Möglichkeit, mir die Unterlagen zu beschaffen. Man erwartet Sie Morgen um 11.3o h auf dem Marktplatz. Setzen Sie sich mit Ihrem Kollegen auf die Bank neben dem Brunnen. Dort erhalten Sie weitere Anweisungen. Bei Übergabe aller Dokumente bekommen Sie und Ihr Kollege je 100.000,-- € bar auf die Kralle, sagen wir als kleine Aufwandsentschädigung, sozusagen.

P.S. Ich kann und will keine Zeugen haben! Sollte es Komplikationen geben, so erwarte ich, dass Sie ähnlich verfahren, wie bei Gartmann!!"

Boris war zufrieden ins Bett gegangen. Er hatte für klare Verhältnisse gesorgt und Gartmann aus dem Weg geräumt. Morgen würden sie beide einen Weg finden, um an diese geheimen Unterlagen zu kommen. Er fragte sich auch nicht, woher der Fremde diese Informationen haben konnte. Er wollte einfach nur endlich sein Geld sehen. Nach zwei Flaschen Bier und einem Schluck Wodka schlief er ruhig ein. Am nächsten Morgen waren sie gegen 11.oo h an der verabredeten Stelle. „Igor, du warst doch einmal mit ihm an seinem Privat-Safe". Boris hatte sich in der Nacht einen Plan ausgedacht: „Den Schlüssel dazu hab ich ihm abgenommen und die Kombination wird doch für dich eine Kleinigkeit sein, oder?" Igor hob die Schultern. „Ich hab das Model damals nicht erkennen können, aber Schlüssel und Kombi deuten auf ein altes Fabrikat hin. Ich schätze, in gut zehn Minuten hab ich ihn auf!" Zufrieden rieb sich Boris die Hände: „Wir werden mit dem Inhalt das große Geld machen, du wirst sehen!" Igor schaute ihn von der Seite an: „Die Haustür ist immer noch von der Kripo versiegelt!" Ein müdes Lächeln huschte über das Gesicht des Partners. „Sind wir nicht schon vorher in dem Haus gewesen, ohne die Tür zu benutzen?" Bevor Igor antwortete, zischte er leise: „Ich glaub da hinten tut sich was, siehst du den dunklen Lieferwagen? Der ist vor zehn Minuten angekommen. Keiner steigt aus oder ein. Das werden sie sein. Schau nicht hin!" Kurze Zeit später kam ein kleiner Junge auf die Bank zu und gab den Männern unaufgefordert einen Umschlag. Dann drehte er sich um und war bald im Stadtpark verschwunden, ohne ein einziges Wort gesprochen zu haben. Jetzt setzte sich der Lieferwagen in Bewegung und fädelte sich in den fließenden Verkehr.

Boris stand als erster auf: „Komm, wir gehen zu mir!" Er hatte sich kurz vergewissert, dass in dem Umschlag die entsprechenden Anweisungen waren: „Nicht hier!" Igor stand auf und folgte ihm zum Wagen. Als sie ausstiegen und ins Haus gingen, bemerkten beide nicht, dass sie ab jetzt ununterbrochen beobachtet wurden. Der neue Auftraggeber schien einiges über sie zu wissen.

Als sie in der Wohnung waren, schüttete Boris den Inhalt des Umschlags auf den Küchentisch. Sie waren beide ziemlich überrascht, als außer einem Brief auch der Tresorschlüssel herausfiel. Sofort ging Boris zum Schrank und nahm den Schlüssel, den er dem getöteten Gartmann abgenommen hatte. Als er die beiden verglich, setzte er sich enttäuscht auf einen Stuhl. „Die Arbeit mit dem Unfall hätte ich mir sparen können!" Beide Schlüssel waren identisch. Ein Grundriss der Wohnung und die Beschreibung des Tresors deuteten darauf hin, dass der neue Auftraggeber verdammt gut informiert war. „Wenn der sowieso schon alle Fakten beisammen hat, warum öffnet er nicht selber den verdammten Safe?" Igor verzog sein Gesicht. „Leuchtet doch ein! Weil er im Hintergrund bleiben und nicht gesehen werden will! Außerdem hat er keine Kombination!" Boris gab sich damit zufrieden: „Zweihundert Riesen für jeden von uns, auch nicht zu verachten!" Igor schaute seinen Kollegen düster an: „Wann hörst du endlich damit auf, immer noch in DM zu rechnen! Es gibt keine „Riesen" mehr!" Er schüttelte mit dem Kopf: „Höchstens halbe Riesen, aber die haben den gleichen Wert wie früher die DM!" Boris nahm eine Flasche Bier und setzte sich in den Sessel: „Egal! Auf jeden Fall ist das viel Geld!" „Richtig! Und ganz leicht verdient, obendrein!"

Die Übergabe der geheimen Dokumente, die Igor und Boris aus dem Safe entwendet hatten, sollte in einer Hotel-Lobby stattfinden. Dr. Brentow, der ehemalige Notar von Gartmann, so hatte man ihnen telefonisch mitgeteilt, nahm im Auftrag seines neuen Klienten den Tausch der Unterlagen gegen die Zahlung der vereinbarten Summe vor. Ihre Augen leuchteten, als sie den Aluminium-Koffer geöffnet vor sich sahen. Soviel Geld hatten sie noch nie zuvor auf einem Haufen gesehen. Sorgsam nebeneinander lagen die Geldscheine, in Banderolen zu € 50,-- und € 100,--. Brentow klappte den Deckel wieder zu, nahm den Koffer an sich und stellte ihn wieder zwischen seine Füße unter den Tisch: „Sie sind dran, meine Herren!" forderte er die Beiden auf und Boris schob einen beigen Umschlag zu ihm über den Tisch. Brentow war auf das Beste vorbereitet. Wieder bückte er sich und nahm sein Notebook und schaltete es ein. Als er sich angemeldet hatte, legte er die erhaltene CD aus dem Umschlag in den entsprechenden Schacht. Bald darauf öffnete sich ein Programm und Abschriften von Briefen, Zahlenkolonnen und weiteren hochbrisanten Daten erschienen auf dem Bildschirm. Wortlos stoppte der Notar das Programm, entnahm die CD wieder und steckte sie mit dem ausgeschalteten Klapprechner in eine große Ledertasche. Gleichzeitig gab er den Metallkoffer an die Männer: „Das Geschäft ist beendet! Guten Tag, meine Herren." Er nahm die lederne Umhängetasche, stand auf und ging, ohne die Männer noch eines Blickes zu würdigen, zu der Drehtür. Minuten später saß er in seinem Wagen und fuhr los. Er hatte ein verschmitztes, diabolisches Lächeln im Gesicht, als sein Auto vom nächtlichen Verkehr verschluckt wurde.

Da die Beamten aus berechtigten Gründen auch weiterhin das Haus des „verunglückten" Gartmann überwachten, sahen sie in den Aufzeichnungen der vergangenen Nacht, dass sich zwei Männer über den Balkon in die Wohnung geschlichen hatten. Sie unterhielten sich ziemlich leise, trotzdem hatten die angebrachten Mikrofone jedes Wort aufgenommen. Sascha hatte eine Infrarotkamera im Flur angebracht, die ihnen ausgezeichnete Bilder von Boris und Igor lieferten. Nach der Auswertung ihrer Kartei waren die beiden schnell als die Männer identifiziert, die auch der Putzfrau bekannt waren. Boris Kossolow und Igor Makowsky waren früher schon einige Male mit dem Gesetz in Konflikt geraten und galten als nicht gerade zimperlich. Außerdem waren die Tölpel so ungeschickt und hatten während ihres Einbruchs die Uhrzeit und das Hotel genannt, in dem die Übergabe zwei Tage später stattfinden sollte. Carlson und Stehler waren früh genug in der Vorhalle und verfolgten die Übergabe, ohne jedoch einzugreifen. Sie wollten an die Hintermänner, die den Auftrag dazu gegeben hatten, den Tresor auszurauben. Der Notar schien nur der Überbringer zu sein. Es musste eine weitere Person geben, die in alle Geschäfte des Wissenschaftlers eingeweiht war. Gartmann hätte alleine das illegale Geschäft mit den Geheimdiensten nicht bewältigen können. Ein Mann im Hintergrund hielt alle Fäden in seinen Händen, überwachte und steuerte die Geschäfte ohne das Wissen des Beraters. Andreas ließ von dieser These nicht ab, die bislang nur in seinem Kopf existierte und noch zu beweisen wäre. Er befasste sich so intensiv damit, dass ihm sein kleiner, weißer Freund in der nächsten Nacht erschien und ihm einen weiteren Traum bescherte. Er sah sich alleine in einer fremden Umgebung. Aus einer Nebelwand kam plötzlich ein Mann schnell auf ihn zu und bedrohte ihn mit einer Pistole. Gerade, als er den Fremden nahe genug vor sich hatte, legte sich ein dunkler Schatten über sein Gesicht, bevor Andreas Einzelheiten erkennen konnte. „Warum?" fragte er den Fremden, der knapp einen Meter vor ihm stand. Er sah die hellblau leuchtenden Augen. „Warum?" wiederholte er und der Mann schien unsicher zu werden, denn seine Hand fing deutlich an, zu zittern. Bevor Steffenson die Situation für sich nutzen konnte, kletterte die weiße Traumkatze seitlich hoch und sprang dem Verdächtigen direkt ins Gesicht. Der ließ überrascht die Waffe fallen und versuchte das kleine Raubtier mit den Händen zu greifen. Fauchend und beißend wehrte sich das Tier und ließ erst von ihm ab, als dessen Gesicht und beide Unterarme von Kratzern übersät waren. Jetzt erkannte Steffenson den Mann, der vor ihm auf dem Boden kniete. Es war Dr. Brentow, der Notar des wissenschaftlichen Beraters und Vater der ermordeten Alice. War das die Rache eines verzweifelten Vaters oder war der Notar der Unbekannte, der alle Fäden in der Hand hielt? Er musste der Sache auf den Grund gehen. Am nächsten Morgen wollte er sich das familiäre Umfeld der Familie Brentow einmal näher anschauen. Joachim hatte die Adresse und Telefonnummer der geschiedenen Notars-Gattin besorgt und begleitete seinen Freund nach Rotenburg an der Wümme, 40 km östlich von Bremen. Sie hatte ihren Mädchennamen wieder angenommen und hieß jetzt Henriette Berger. Stehler hatte sie angerufen und um eine Auskunft gebeten. Nach einer halben Stunde standen sie vor dem Bungalow in einer vornehmen Siedlung, etwas außerhalb der Stadt. Eine gepflegte Brünette, mittleren Alters öffnete freundlich die Tür: „Berger, kommen Sie herein!" Die beiden stellten sich vor und Joachim zeigte seinen Dienstausweis. Die Herren wurden ins Wohnzimmer gebeten. „Mordkommission, sagten Sie am Telefon? Haben Sie noch Fragen zum Tod meiner Tochter?" Sie schien sehr gefasst und man merkte ihr sofort an, dass sie sehr unter diesem Verlust litt. Verstohlen tupfte sie sich mit einem Taschentuch die Tränen von den Wagen und wandte sich den Männern wieder zu. „So setzen Sie sich doch! Darf ich Ihnen eine Tasse Kaffee anbieten?" Sie kamen der freundlichen Aufforderung nach und nahmen nebeneinander auf der breiten Ledercouch Platz. Joachim sagte dabei: „Kaffee wäre gut." Dann ergänzte er schnell: „Für meinen Kollegen mit etwas Milch und Zucker, wenn es keine Umstände macht!" Sie nickte und der Versuch eines

Lächelns huschte über ihr Gesicht. Sie war immer noch sichtlich ergriffen vom schrecklichen Tod ihrer Tochter. „Ich will nicht indiskret sein, aber hat Julius etwas damit zu tun?" rief sie durch den Flur aus der Küche. Andy schaute seinen Freund erstaunt an und zog seine Mundwinkel nach unten. Dabei schüttelte er seine rechte Hand, als hätte er sich soeben verbrannt. Joachim reagierte sehr schnell: „Wir ermitteln noch!" Damit hatte er das von ihr in eine bestimmte Richtung gelenkte Gespräch offen gelassen, ohne etwas zu verraten. Sie schaute kurz um die Ecke zu ihnen: „Das musste irgendwann einmal schief gehen! Ich bin gleich soweit!" Als sie mit dem Tablett zurückkam, standen beide auf und halfen der netten Frau, die Tassen und das Gebäck auf den Tisch zu stellen. Andreas brannte darauf, mehr zu erfahren, aber er überließ Joachim die Fragen, denn er war sicherlich taktisch wesentlich besser geschult als er. In der nächsten Stunde erfuhren sie, dass sich Alice mit ihrem Vater überworfen hatte. Sie konnte nicht verstehen, dass er mehrfach in seiner Kanzlei mit Verbrechern und zwielichtigen Geschäftsleuten Vereinbarungen, Verträge und Abmachungen getroffen hatte, die durchaus als äußerst zwielichtig anzusehen waren. Immer wieder hatte Alice versucht, an Informationen heranzukommen, die ihren Vater, wie sie es damals formuliert hatte, zur „Einsicht und Vernunft" kommen zu lassen. Er hatte sie deshalb mehrfach aus der Kanzlei werfen lassen!" Traurig fügte sie hinzu: „Es wäre für mich kein Wunder, wenn seine Männer diesmal zu weit gegangen wären!" Sie nahm einen Schluck Kaffee und straffte entschlossen ihren Körper: „Zu Ihnen, meine Herren! Was führt Sie zu mir?" Sie sprach Joachim gezielt an, denn Andreas hatte bisher noch nicht viel gesagt und machte auf die Dame des Hauses einen desinteressierten Eindruck. Im Prinzip hatten sie schon viel mehr erfahren, als sie zu hoffen wagten. Es blieben keine Fragen mehr übrig und so konzentrierte sich alles auf das Verhältnis zwischen den Familienmitgliedern, die so scheint es, nicht im Guten auseinandergegangen waren. Es kam nur belangloses Zeug heraus, trotzdem war der Besuch mehr als fruchtbar gewesen, denn nun schien eine Beteiligung des Notars am Verbrechen seiner Tochter nicht unwahrscheinlich . . . vielleicht war er noch viel mehr in diese Sache verstrickt, als sie vermutet hatten. Andys letzter Traum schien wie ein fehlendes Puzzle-Teil zu passen.

Sie mussten ihre Strategie ändern und sich sowohl auf die beiden ehemaligen Leibwächter des Wissenschaftlers, als auch auf den Notar konzentrieren.

Carlson und Kröger hatten die augenblickliche Adresse der Leibwächter ausfindig gemacht und standen mit dem Dienstwagen nun etwas versteckt hinter Bäumen auf dem Parkplatz des Hotels und warteten ab. Boris und Igor waren vor gut einer Stunde hineingegangen und bis jetzt hatte sich nichts Verdächtiges getan. Sie konnten unten natürlich nicht wissen, dass sich im Augenblick ein Drama im Hotelzimmer abspielte, denn gerade hatte Boris den Metallkoffer unter dem Bett hervorgeholt und vor sich auf den Tisch gestellt. Sie hatten sich aus der Zimmerbar zwei Gläser Wodka eingeschüttet, denn ein solch einfaches Geschäft musste würdig gefeiert werden. Sie prosteten sich zu und stellten die geleerten Gläser neben den Koffer. Theatralisch krempelte Boris die Ärmel seines Hemdes hoch und öffnete langsam und in freudiger Erwartung den Deckel. Sein Atem stockte, die

Pupillen weiteten sich, er schüttelte den Kopf und rieb sich die Augen. Er konnte nicht glauben, was er da sah! Entsetzt sprang er zurück, stolperte über einen Stuhl und blieb verstört liegen. Igor wagte jetzt auch einen Blick und sah nur einen Haufen von unnützen Papierschnitzeln. Der ganze Koffer war prall damit gefüllt. Boris hatte sich gefasst, stand auf und klappte den Deckel wieder zu. „Dieses Schwein hat uns reingelegt! Das wird ihn teuer zu stehen kommen! Ich muss noch einmal zur Werkstatt!" Ohne auf die Reaktion seines Kollegen zu warten, lief er die Treppe hinunter zur Straße und rief nach einem Taxi. Kröger war sofort hellwach und stieß seinen Kollegen an, der auf dem Beifahrersitz ein Nickerchen hielt: „Es geht los! Es ist nur einer! Geh ins Hotel und warte in der Lobby, die trennen sich." Er wartete, bis Carlson ausgestiegen war und zum Hoteleingang schlenderte. Dann startete er den Wagen und wartete, bis sich das Taxi in Bewegung setzte. Nun folgte er dem weißen Mercedes quer durch die ganze Stadt bis in ein Industriegebiet, wo Boris schnell ausstieg und in einer Hofeinfahrt verschwand. Der Beamte wartete, bis auch das Taxi weitergefahren war, stieg ebenfalls aus und folgte dem Mann. Unterdessen saß Carlson in der Lobby des Hotels, um bereit zu sein, sollte auch der andere Mann sein Zimmer verlassen. Nach einer halben Stunde tuschelten die Bediensteten leise und schauten immer wieder zu ihm hin. Deshalb stand er auf und ging zur Rezeption und zeigte seinen Dienstausweis, damit man keine falschen Schlüsse zog. Gleichzeitig bestellte er einen Cappuccino und die Tageszeitung. Man versprach ihm, ein diskretes Zeichen zu geben, sobald der Verdächtige die Halle betreten würde.

Nach zwei Stunden kam Kröger wieder zurück in die Vorhalle, schaute sich kurz um und stellte sich vor seinen Sessel. „Na, hat es geschmeckt?" Er schaute dabei neidisch auf die geleerte Tasse und den Teller, auf dem die Reste eines Käsebrötchens lagen. Carlson legte die Zeitung zusammen: „Ich hatte Hunger!" verteidigte er sich und stellte eine Gegenfrage: „Erfolg gehabt?" Kröger wiegte den Kopf hin und her: „Später! Jetzt bestell ich mir auch erst einmal etwas." Er hob den Arm und ein Kellner kam auf die beiden zu, während Kröger seinen Mantel auszog und sich in den Ledersessel fallen ließ. Als der Kellner die Bestellung aufgenommen hatte, rückte er etwas näher an seinen Kollegen: „Heiße Kiste!" sagte er. „Joachim soll entscheiden, ob wir die Werkstatt durchsuchen. Da stimmt etwas nicht, meine Nase juckt!"

Die angeordnete Durchsuchung der Werkstatt erbrachte Beweise dafür, dass der Wagen des Dr. Gartmann mit einem Sprengsatz zum Unfall gebracht worden war, denn man hatte Zünder und PETN (Pentaeritrit-Tetranitat) gefunden. Einen knetbaren, militärischen Stoff für Detonationen, ähnlich dem bekannten Dynamit oder TNT. Woher das Material stammte, musste noch geklärt werden. Boris und Igor wurden noch am selben Tag verhaftet und zum Verhör ins Polizeipräsidium gebracht. Während Stehler und Carlson getrennt voneinander die Verhöre leiteten, kümmerten sich Kröger und Bülow mit Unterstützung von Steffenson um den Notar. Seine Kanzlei, sowie sein privater Hausanschluss und sein mobiles Telefon wurden rund um die Uhr überwacht. Es war für die Beamten äußerst schwierig, die normalen Klienten von eventuellen, ausländischen Auftraggebern zu unterscheiden. Nur die Installation einer Wanze im

Büro des verdächtigen Notars konnte hier Abhilfe schaffen. Eine sehr zweifelhafte Aktion, die den Beamten ein Strafverfahren wegen Missachtung von Datenschutz und Notargeheimnis einbringen würde, sollte irgendeiner davon erfahren. Aus genau diesem Grund war Bülow diese Sache im Alleingang angegangen, ohne seine Kollegen davon zu unterrichten. Sie waren zwar verblüfft, woher Sascha plötzlich seine Erkenntnisse hatte, fragten aber nicht nach. Vielleicht ahnte jeder, wie er es diesmal wieder angestellt hatte. Bei der Übergabe der brisanten Daten auf einem Parkdeck wurde der Notar mit drei Männern überrascht. Alle wurden vorläufig festgenommen. Die ausländischen Männer genossen diplomatische Immunität und mussten sofort wieder freigelassen werden. Während Julius von Brentow verhört wurde, fuhr Sascha mit Carlson in die Kanzlei. Sie zeigten den Durchsuchungsbescheid und baten die beiden Sekretärinnen, solange die Räumlichkeiten zu verlassen. Jetzt hatte Bülow Zeit, seine elektronischen Helfer wieder an sich zu nehmen. Die beschlagnahmten Unterlagen brachten kein fruchtbares Ergebnis. Der MAD war froh, dass es den Beamten gelungen war, die Übergabe der hochbrisanten Daten zu verhindern. Der hohe Geldbetrag, den der Notar offensichtlich von dem fremden Geheimdienst bekommen hatte, wurde an gemeinnützige Stellen gespendet, da weder von Brentow, noch die „Diplomaten" den Koffer kannten und nicht wussten, wie der in den Wagen des Notars gekommen war. In der Kanzlei hatte man einen Safe gefunden, der wider Erwarten völlig leer war.

Dr. Julius von Brentow wurde überführt. Er gab alles zu. Er hatte die Geschäfte des Wissenschaftlers gesteuert und im Hintergrund die dicke Kohle gemacht. Seine eigene Tochter funkte unerwartet dazwischen und hätte seine Pläne als einzige durchkreuzen können. So war er im Endeffekt froh darüber, dass die Bodyguards des Wissenschaftlers ihr eine Lektion erteilen sollten. Dass sie dabei zu Tode kam, war niemals sein Plan gewesen und brachte die ganzen Geschäfte durcheinander.

Da er jetzt mit einer langjährigen Strafe zu rechnen hatte und seine Kanzlei aufgelöst wurde, wusste er als Anwalt natürlich sofort, dass es sich strafmildernd auswirken würde, wenn er kooperativ wäre Er gab er zu Protokoll, dass er das „Schwarzgeld" in seinem Safe dem Staat zur Verfügung stellen würde. Dieses angebliche Geld blieb jedoch verschwunden. Natürlich war von Brentow auch in diesem Fall der Hauptverdächtige.

Finale Erkenntnis

Nur Bülow wusste nach der Auswertung der Kanzlei -
Überwachung, von wem der Geldschrank in Abwesenheit
des Notars ausgeräumt wurde. Er musste das jedoch aus
verständlichen Gründen für sich behalten, denn seine
Abhöraktion war illegal gewesen. Er vertraute sich nur
seinem Vorgesetzten an und Stehler war mit ihm nach
Abwägung aller Fakten der gleichen Meinung. Man hatte
auf den sichergestellten Aufnahmen die geschiedene
Gattin des Notars, Henriette Berger erkannt, die ihre
geliebte Tochter auf so tragische Weise verloren hatte. Da
sie offensichtlich noch im Besitz eines Schlüssels
gewesen war, konnte sie auch nicht wegen Einbruchs in
die Kanzlei belangt werden. Sie war zudem nicht die
einzige, die die Kombination zum Geldschrank gekannt
hatte. Deshalb fiel nicht ihr Name, als man im engsten
Kreis der Beamten noch einmal über den Fall sprach.
Vor Gericht waren die Fakten klar und der Fall gelöst.
Als mehrere Wochen ins Land gegangen waren, wollte
Bülow die attraktive Dame noch einmal besuchen und ihr
durch die Blume zu verstehen geben, dass man nicht
weiter ermitteln würde. Das Verfahren war schließlich
eingestellt worden, da man alle Verdächtigen überführt
und die Morde aufgeklärt hatte. Aus diesem Besuch
wurde mehr. Sascha hat jetzt einen wesentlich weiteren
Weg ins Präsidium und ist nicht mehr „Single"! Im
Keller des Bungalows befindet sich eine sehr gut
ausgestattete Werkstatt. Die Dame des Hauses hat ihm
gerne geholfen und eine hochwertige Ausrüstung von
elektronischen Helfern gespendet – man kann ja nicht
wissen, wann so etwas noch einmal gebraucht wird.

Die weisse Traumkatze
„Colonel", der Mann im Hintergrund

Wieder einmal stand er nachts vor dem Spiegel und ließ den eigenartigen Traum vor seinem geistigen Auge revuepassieren. Natürlich wusste er, dass es nur wenige Minuten gewesen waren, die er in dieser imaginären Welt durchlebt hatte. Es kam ihm jedes Mal länger vor. Ein leises Geräusch hatte ihn in die Gegenwart zurückgeholt und nachdem er vergebens eine Weile in die Dunkelheit gelauscht hatte, war er aufgestanden, um Maria nicht zu wecken und unnötig zu ängstigen. Was für ein Traum! Zunächst war ihm seine weiße Traumkatze nur um die Beine geschlichen, doch plötzlich duckte sie sich und fauchte ihn an. So aggressiv kannte Andreas seinen vierbeinigen „Traumbegleiter" überhaupt nicht. Ihre Augen funkelten rot und mit einem Satz sprang sie neben ihm auf eine Mauer, schaute ihn auffordernd an und löste sich dann in einem zerfallenden Nebelball auf. Als er im Traum über die Mauer schaute, sah er einen Mann, der mit blutendem Gesicht einen Abhang heraufkam. Der Fremde stammelte immer wieder Worte, die er nicht verstehen konnte. Dem Klang nach, musste es sich wohl um Französisch handeln. Er merkte sich den exotisch klingenden Satz. „Drogue agent de la police injurier office, assassiner." Der dunkelhaarige Fremde zeigte mit dem Zeigefinger auf sich selber: „Arabe, nom Nicolas. Defaut, defaut!" Dann war der Traum vorbei und er wurde wach. Der Wasserhahn lief immer noch und er ließ das kalte Nass in seine Hände laufen, die er einer Schale gleich, zusammengelegt hatte. Dann tauchte er sein Gesicht hinein und stoppte die Wasserzufuhr, indem er den verchromten Hebel wieder herunterdrückte. Jetzt nahm er aus dem verspiegelten Schränkchen ein Blatt Papier und notierte die fremden Wörter so, wie sie geklungen hatten. „Schatz?" Die besorgte Stimme seiner Frau kam aus dem Schlafzimmer: „Alles in Ordnung?" Er trocknete sich das Gesicht ab und öffnete die Tür: „Alles gut, Maria, schlaf weiter!" Dann löschte er das Licht und kroch zurück in sein Bett, das noch angenehm warm war. Maria rutschte mit ihrem Körper so weit zurück, bis sie seine Wärme spürte. Er legte seinen Arm um sie und mit einem zufriedenen Seufzer schlief sie sofort wieder ein. Er lag noch eine Weile grübelnd, bis auch ihn die Müdigkeit überkam und er traumlos dahindämmerte.

Am nächsten Morgen saßen sie sich beim Frühstück gegenüber. Maria löffelte ihr weichgekochtes Ei und vermied es, ihn anzusehen. Andreas merkte ihre Unruhe: „Sag, was du auf dem Herzen hast, Maria!" Er legte das Messer zur Seite und sah sie an: „Ist es wegen mir?" Sie schaute auf und erwiderte: „El sueno, dein Traum, ist er wieder da?" Steffenson atmete tief durch: „Ich kann dir nichts vormachen, stimmt`s?" Maria zeigte ein müdes Lächeln. „La gata? Deine weise Katze? War sie die letzte Nacht wieder in deinem Traum?" Andreas nickte. „Maria, sie ist weiß! Schneeweiß und hat feuerrote Augen!" Seine Frau schmollte: „Aber weise ist sie auch! Sonst könnte sie dir keine Ratschläge geben!" Andy verstand, was sie sagen wollte. „Hast ja Recht! Ich werde ins Kommissariat nach Bremen fahren und mit Joachim darüber reden. Es ist wichtig." Maria biss ein Stück von ihrem Butterbrot ab und kaute, während sie ihn ansah.

Als sie den Mund geleert hatte, sagte sie: „Es ist dein Job!" Andreas schüttelte den Kopf: „Es ist eine Gabe, Maria! Ich bin verpflichtet, die Dinge weiterzugeben, ihnen auf den Grund zu gehen. Menschenleben hängen davon ab. Sei nicht so traurig, ich pass auf mich auf!" Sie schlug die Augen auf und ergänzte seinen letzten Satz: „Auf uns, heißt das! Du musst auf uns drei aufpassen. Denk an deinen Sohn! Ich will, dass du ihn aufwachsen siehst!" Andreas erwiderte: „Mach mir kein schlechtes Gewissen, Maria! Ich weiß, was ich tue!" Sie stand auf und küsste seine Stirn. „Ich weiß das doch, es ist nur immer so aufregend, wenn du dich mit den Fällen befasst!" Dann räumte sie den Tisch ab und gab Andreas einen Zettel: „Por favor, kannst du ein paar Sachen einkaufen, wenn du zurückkommst?" „Natürlich, ich bleib nicht lange. Spätestens heute Mittag bin ich wieder hier. Er verabschiedete sich und ging zur Garage. Kurz darauf fuhr er mit dem Geländewagen den Kiesweg herunter auf die Straße. Er hupte zum Abschied und klebte den Zettel an das Armaturenbrett. Unwillkürlich musste er an seinen geliebten Sportwagen denken, den er verkauft hatte, um sich den geräumigen Geländewagen zu kaufen. Seitdem er Vater geworden war, hatte sich in seinem Leben einiges geändert . . . . . die Verantwortung für seine beiden Liebsten war ihm wichtige, als alles andere. Die vorsichtige Zurückhaltung tat ihm gut. Er hatte sich weiterhin geweigert, eine Waffe zu tragen und tappte nicht mehr so sorglos und unbedacht in gefährliche Situationen, wie er das früher oft getan hatte. Er sortierte und analysierte noch intensiver, bevor er zur Tat schritt. Man könnte sagen, dass er erwachsen geworden war.

„Wir wissen nichts von einem Mord! Im Drogen-Milieu,

vermutest du?" Andreas nickte. Er saß im Büro seines Freundes, des Hauptkommissars Stehler von der örtlichen Mordkommission, mit dem er schon einige Fälle dank seiner seherischen Fähigkeiten zusammen gelöst hatte. Joachim Stehler hob die Schultern: „Aber wenn du schon einmal hier bist, so fragen wir einfach mal die Kollegen vom Drogendezernat, vielleicht wissen die was!" Er zog das Telefon zu sich und wählte die interne Kurznummer. „Ja, hier HK Stehler . . . . ." Andreas hörte nicht hin, denn ihm fielen immer wieder die Wörter ein, die ihm der Fremde zugerufen hatte, als er auf sich selber gedeutet hatte. Er unterbrach den Redefluss des Beamten: „Frag ihn nach einem Araber. Frag ihn nach Nicolas!" Joachim hatte den Hörer zugehalten und tat, wie ihm sein Freund gesagt hatte. – Das hatte gesessen! - Stehler, der bis dahin im Stehen telefoniert hatte, zog den Drehstuhl zu sich und setzte sich langsam hin, während er aufmerksam dem Kollegen der Rauschgiftfahndung zuhörte. „Was ist? Wissen die etwas?" Joachim wehrte mit der freien Hand ab und legte seinen Zeigefinger auf die Lippen, während er immer noch in den Hörer lauschte. Ohne ein winziges Wort zu erwidern, legte er auf. „Komm mit!" sagte er zu seinem Freund, während er seinen Rechner ausschaltete. „Wir müssen denen erklären, wie wir an den Namen gekommen sind! Wird schwierig, nehme ich an, denn die halten nichts von deinen Vorahnungen. Bei einem Zusammentreffen hatten wir einmal darüber gesprochen. Ausgelacht hatten sie mich damals. „Du glaubst so einen Schwachsinn? Hat der denn auch eine Kristallkugel? Ich hatte das Gespräch abgebrochen, denn es machte keinen Sinn, weitere Details zu erklären. Diesmal müssen sie uns aber glauben!" Andreas nickte und folgte seinem

Freund, der über den Flur zu den Aufzügen ging. „Sag erst einmal nichts! Ich werde ihnen unsere gelösten Fälle zeigen, die wir Dank deiner Hilfe lösen konnten!" Sie bestiegen den Lift und fuhren in den 3. Stock. Zielsicher ging Joachim vor und klopfte an der Bürotür des Beamten, mit dem er soeben telefoniert hatte. „Ja?" kam die kurze Antwort und die Beiden gingen hinein. Zu ihrer Verwunderung saßen und standen insgesamt acht Polizisten in dem kleinen Zimmer, die erwartungsvoll in ihre Richtung schauten, als sie in deren Runde standen, stellte Joachim seinen Begleiter als internen Mitarbeiter vor. Der Leiter, Hauptkommissar Mario Kalter beachtete Andreas nicht und ließ auch Joachim nicht ausreden: „Woher haben Sie den Namen, den Sie mir in Verbindung mit einem „angeblichen" Mord genannt hatten?" Joachim legte die geklärten Fälle auf den Schreibtisch und wollte dazu erklären, wie sie die Arbeit mit der Hilfe des mental begabten Andreas hatten lösen können. Man ging jedoch wider Erwarten nicht annähernd darauf ein, im Gegenteil. Aus dem Versuch wurde ein Angriff: „Den Namen kann keiner wissen! Er ist geheim! Es ist der Deckname eines Informanten, der seit gut drei Wochen verschwunden ist. Er wollte uns den genauen Termin und das Datum einer Drogenlieferung nennen . . . . . dann riss der Kontakt ab. Woher wissen Sie davon?" Joachim wollte nochmal in Ruhe auf seine geklärten Fälle zurückkommen, als Andreas das Wort übernahm. „Ich habe den Namen erwähnt. Nicolas! Der Mann ist mir ganz deutlich im Traum erschienen. Sein Gesicht war blutverschmiert. Er ist Araber, nicht wahr?" Oberkommissar Kalter, der Leiter des Drogendezernates bekam schmale Augen, als er sich umdrehte und auf Andreas zuging. „Sie sind das!"

Er ging langsam um ihn herum und sah ihm dann wieder ins Gesicht, während er Joachim Stehler ansprach: „Von den Cayman Islands kommt der, haben Sie gesagt? Karibik, nicht wahr? Da hört man so einiges vom Anbau und Konsumieren der berauschenden Opiate, oder? Ist das nicht seltsam? Der Mann träumt von einem Mord im Rauschgiftmilieu, hat mit unserem V-Mann gesprochen, der vermisst wird und weiß Details über unsere Arbeit! Erstaunlich! Nun mal ehrlich, Kollege Stehler! Geht Ihnen das nicht an die Nieren? Nehmen Sie den Mann in Gewahrsam! So einen Schwachsinn habe ich schon lange nicht gehört! Ich habe viel in meinem Beruf gesehen, aber das schlägt dem Fass den Boden raus. Wenn Sie es nicht veranlassen, so werde ich beantragen, dass man Herrn Andreas Steffenson vorübergehend festnehmen sollte, um die Vorgänge zu klären und seine, sagen wir einmal, Beteiligung an dem Verschwinden unseres Mannes zu klären!" Andreas hatte damit gerechnet, dass man ihm irgendwann misstrauen würde. Einmal würde der Zeitpunkt kommen, dass er zum Kreis der Verdächtigen zählt, da nur er Informationen hatte, die man auf „normalem" Wege nicht bekommen konnte. Jetzt schien es so weit zu sein! Er sagte nichts und schaute Joachim hilfesuchend an, der daraufhin lächelnd ein Papier aus der Brusttasche zog, auseinanderfaltete und dem misstrauischen Beamten unter die Nase hielt: „Sehen Sie, was das ist?" fragte er und fügte hinzu: „Schauen Sie hin! Dienstsiegel und Unterschrift des Polizeipräsidenten!" Er faltete es zusammen und steckte es zurück: „Noch Fragen?" Man hätte die berühmte Stecknadel fallen hören können. Dann erklärte Joachim: „Steffenson genießt mein volles Vertrauen! Wenn er eine

Aussage macht, so werden wir der Sache auf den Grund gehen! Wollen Sie, dass wir den Fall gemeinsam lösen oder sollen wir alleine loslegen? Entscheiden Sie!" Die völlige Ratlosigkeit war dem Leiter anzusehen, sodass Joachim das Wort ergriff: „Ich muss gestehen, dass es uns genauso schwerfiel, an ihn und die seherischen Fähigkeiten zu glauben. Seht doch die Fakten! Woher, wenn nicht aus Ihren Reihen, sollte ihm bekannt sein, wie er sich nannte?" Er wandte sich an seinen langjährigen Freund: „Du gehst in den 2. Stock zur Personenfahndung und meldest dich bei Meier, den Polizeizeichner. Mit ihm erstellst du ein Fahndungsfoto von deinem Araber, den du im Traum gesehen hast. Damit kommst du wieder zu uns. Bis dahin habe ich mit meinen Kollegen alles Wichtige besprochen und mit dem Polizeichef alle Formalitäten abgeklärt." „Gute Idee!" erwiderte Andreas, nickte den Beamten zu und ging zum Fahrstuhl. Nach einer halben Stunde stand er wieder im Raum und zeigte den verblüfften Männern die entstandene Zeichnung, die von beiden Beamten sofort als sehr authentisch als die Männer erkannt wurden, die mit dem Araber zusammengearbeitet hatten. „Ich wusste wirklich nichts von Ihrer Arbeit. Manchmal träum ich solche Sachen, die ich mir selber nicht erklären kann. Ich habe von eurem Psychologen gelernt, solchen Phänomenen nachzugehen. Sie dürfen und können sich nicht dagegen stellen!" Die Beamten schienen das erste Mal damit konfrontiert zu werden, zeigten aber mehr und mehr Interesse daran. Andreas wurde respektiert und man brachte beide auf den laufenden Stand der Ermittlungen.

Der Araber blieb auch noch Tage nach diesem Gespräch verschwunden. Man hatte sein mobiles Telefon orten wollen, aber seit dem Traum von Andreas, den einige Kollegen immer noch als unheimlich ansahen, war die Leitung tot. Zuletzt war das Handy an der rechtsseitigen Unterweser, in Höhe von Weddewarden angepeilt worden, danach muss man es entweder in den Fluss geworfen, oder den Akku entfernt haben. Beide Möglichkeiten ließen nur einen Schluss zu: Der Traum von Andreas musste wahr geworden sein. Bei der internen Besprechung der letzten Ereignisse waren auch Steffenson, HK Stehler und Kommissar Carlson von der Mordkommission anwesend. Von einer konkreten Spur hatte man nicht berichten können. Nur der Seher konnte von seinem letzten Traum berichten. „Die illegale Ware kommt auf dem Seeweg, da bin ich mir ziemlich sicher. Zunächst konnte ich die geträumten Dinge nicht zusammenbringen, aber jetzt glaube ich, dass Schiffe benutzt werden. Frachtschiffe, von der brisanten Ladung haben die Matrosen an Bord keine Ahnung. Vor ein paar Tagen träumte ich von „turtles"! Komisch, dachte ich, was haben Schildkröten mit Schmuggel zu tun? Dann sah ich immer wieder, wie ein Taucher und Schildkröten neben dem Schiff schwammen. Wenn die Ladung im Hafen gelöscht wurde, waren sie verschwunden." Ein ungläubiges Raunen ging durchs Besprechungszimmer. „Keine Ungeduld! Ich komme noch darauf, was das zu bedeuten hat, denn gestern Nacht sah ich ganz deutlich einen Frachter namens „Gloria 13", der vor zwei Wochen in Montego Bay den Hafen verließ. Bananen für Bremerhaven. Ich habe heute früh im Netz recherchiert. Das Schiff legt übermorgen dort an. Zeit genug, um die

Ladung vor dem Löschen zu kontrollieren." Der Leiter der Drogenfahndung stand auf: „Hansen, Sie besorgen die Papiere, und was ist mit Ihnen? Stehler und Steffenson? Wollen Sie mit nach Bremerhaven fahren?" Die Leute wurden eingeteilt und am nächsten Tag saßen sie gemeinsam im Dienstwagen. Die Zollfahndung wusste Bescheid und man wollte abwarten, bis das Schiff an Pier 16 festgemacht hatte. Dann gingen sie gemeinsam mit Spürhunden an Deck. Sie suchten zwischen der Ladung, in den Kabinen, sogar im Maschinenraum, ohne Erfolg! Nach dieser misslungenen Aktion wuchs das Misstrauen gegen den angeblichen Seher, der wohl diesmal mit seinen Träumen völlig falsch gelegen hatte. Die Rauschgiftfahnder distanzierten sich von ihm und nur Joachim blieb seinem Freund und dessen Thesen treu. Nächtelang grübelte Andreas, wieder zurück in seiner Villa in Dibbersen, über diesen Reinfall. „Es muss so gewesen sein! Das Rauschgift war an Bord!" sagte er sich immer wieder, denn der gleiche Traum wiederholte sich noch zwei Mal und jedes Mal saß seine Traumkatze auf dem fahrenden Schiff an der Reling und schaute ins Wasser. Irgendetwas musste er übersehen haben, aber was? Er machte sich einen Cappuccino. Verträumt saß er in seinem Arbeitszimmer und ließ die Ereignisse vor seinem geistigen Auge ablaufen. Wie konnte man unter der Ladung die Opiate so verstecken, dass selbst die Hunde den Geruch nicht wahrnahmen? Wieder fielen ihm die Schildkröten ein, die das Schiff begleitet hatten. War die Fracht im Wasser schwimmend an Ketten transportiert worden? Nein! Das hätte die Crew sehen müssen! Und wenn Matrosen eingeweiht waren? Er kam mit seinen Überlegungen nicht weiter und döste im

Sessel ein. Traumlos schlief er ein, bis ihn ein gleichmäßiges Klopfen aufweckte. Maria stand vor ihm. „Entschuldigung, Andy, aber ich habe eine Kontaktlinse in der Küche verloren. Kannst du mir suchen helfen?" Andreas stand auf, gab ihr einen Kuss und folgte ihr nach unten. „Wenn die aus Eisen wären, bräuchte man nur ein Magnet! Dann hättest du sie schneller gefunden!" Sie lächelte ihm zu: „Haha, das ist aber lustig! Wenn deine gesuchten Drogen aus Eisen wären, dann hättest . . . . . . "
Ein stechender Blitz zuckte durch sein Gehirn! Das war die Lösung! Schiffswand - Eisen - Magnet - Schildkröten und Taucher! Da musste es einen Zusammenhang geben! Das Ganze findet außerhalb des Schiffes statt! Am Rumpf! Er nahm die verblüffte Maria in die Arme und drückte sie: „Du kannst bei mir anfangen", scherzte er: „du bist ein Genie!" Er nahm einen Besen und fegte die Küche aus. Dann kehrte er die kleinen Krümel mit dem Handfeger zusammen auf ein Blech und schüttete den Inhalt auf ein Handtuch. Dann nahm er vorsichtig das kleine, gewölbte Glas aus dem Frottee und legte es auf den Tisch. „Wie machst du die Dinger sauber?" Maria ging zum Schrank und nahm die Plastikdose mit der Spezialflüssigkeit heraus. Andreas legte die Kontaktlinse in die Schüssel und sprühte etwas davon hinein. „Den Rest mache ich." Maria balancierte die wertvolle Fracht zum Küchenschrank. Steffenson war schon in seinem Arbeitszimmer und nahm das Telefon: „Joachim? Die Schiffswand! Der Rumpf! Die befestigen irgendwie das Rauschgift unter der Wasserlinie am Schiff! Verstehst du? Taucher müssen das Schiff untersuchen!"

Ken Carpenter, einheimischer Taucher aus der Karibik hatte eine Tankstelle mit dazugehöriger Werkstatt in einem kleinen, verträumten Nest zehn Meilen östlich von Montego Bay. Regelmäßig nach Feierabend oder wenn er längere Zeit keine Aufträge hatte, war er mit seinem kleinen Boot draußen und holte sich mit seiner Harpune das Abendessen frisch aus dem Meer. Wenn er Lust dazu hatte, nahm er als zusätzlichen Nebenerwerb auch gerne Touristen mit zu den vorgelagerten Korallenbänken. Bei einem dieser Tauchgänge kam er mit zwei Deutschen ins Gespräch, die sich am Abend beim gemeinsamen Essen nicht abgeneigt zeigten, mit ihm einen Joint zu rauchen. Dabei entstand die Idee, Rauschgift nach Deutschland zu schmuggeln. So sprachen sie an diesem Abend in allen Einzelheiten über die Möglichkeiten eines Transportes. In der kleinen Kfz-Werkstatt waren sie nach längerem Suchen fündig geworden und hatten für ihren Plan ein paar asiatische Kochtöpfe, sogenannte Woks besorgt. Ihr kreolisches Essen wurde oft in den zweckmäßigen Eisenschalen zubereitet. Hier jedoch waren sie nun dabei, diese kreisrunden Töpfe für die bevorstehenden Lieferungen zweckentfremdet umzubauen. Es waren viele Versuche notwendig, ob ihre Idee der Realität standhalten würde. Sie trennten als erstes die Griffe ab, so konnte man umgestülpt das runde Metall, einer Schildkröte gleich auf den Boden legen, ohne zu sehen, was darunter verborgen war. Ken richtete bei einer Bank in Kingston ein Konto ein und nannte seinen Komplizen die Nummer. Für die Entgegennahme der transportierten Lieferung waren sie zuständig. Die Lieferung erfolgte, sobald das Geld auf dem Konto eingegangen war. Ein kurzer Anruf nannte den Deutschen danach verschlüsselt den Schiffsnamen und den Ankunftstag in Deutschland. In Jamaica war es zwar strengstens verboten mit Rauschgift zu handeln, aber auch die Gesetzeshüter waren nicht gegen ein Bündel Dollarnoten immun. Man beobachtete Ken zwar hin und wieder, jedoch kassierten die Beamten dann ihr Schweigegeld und alles blieb beim Alten. Da die korrupten Amtsträger den hälftigen Anteil seines augenblicklichen Transportes beanspruchten, war Ken nun so schlau, immer nur winzige Pakete bei sich zu haben, wenn die Teilung der Beute anstand. Die großen Lieferungen bekamen die Beamten sowieso nicht mit, wenn sie mit riesigen Pupillen in der Abendsonne auf der Terrasse ihrer Polizeistation saßen und ungeniert an ihren qualmenden Tüten schnüffelten. Das Transistor – Radio plärrte die alten Lieder des legendären Reggae Sängers Jimi Hendrix und mit langsamen Bewegungen ging der spitz zugedrehte Joint von einem zum anderen. Ken wusste natürlich, dass die uniformierten Bewacher den Stoff in gut einer Woche konsumiert hatten. In dieser Zeit machte er seine wahren Geschäfte. Am gesamten Rand der Kochkessel hatte er ringförmig starke Magnete mit Eisenklammern angeschweißt. Die untere Wölbung der Woks hatten sie flach so abgetrennt, dass ein Loch mit einem Durchmesser von 30 cm entstanden war. Nun wurde dieser Eingriff durch einen Gewindedeckel ersetzt. Drei eingebohrte Löcher dienten dazu, den Deckel aufzuschrauben und in das Innere fassen zu können. Den gesamten Hohlraum, außer den Magneten natürlich, konnte man mit eingeschweißten Rauschgiftpäckchen füllen. 8 bis 10 Kilo kamen pro Kessel zusammen, die er so unbemerkt unter den Wasserlinie eines Schiffes mit den Magneten befestigt, außer Landes schmuggeln konnte. Vom Hafenmeister, einem früheren Schulfreund, hatte er bei einem Glas Rum erfahren, welche Frachter regelmäßig die, mit Kaffee gefüllten Container in die alte Welt transportierten. Nur Schiffe einer bestimmten Linie, die Bremerhaven anliefen, kamen für diese Transporte in Frage. Wenn Ken wieder einmal eine Lieferung durchzuführen hatte, so stand als erstes ein Besuch bei seinem Freund im Hafen an. Schnell hatte er das Schiff erfahren, das für diesen Transport herhalten sollte. Wenn der Frachter an der Pier angeleint, auf seine Ausfahrt wartete, fuhr Ken mit dem präparierten und gefüllten Eisenkessel hinaus zum „Tauchen". Er haftete die Lieferung zwei bis drei Meter unter der Wasserlinie in Schiffsmitte an den Rumpf und schwamm nach getaner Arbeit zurück zu seinem Boot. Wenn nach der Überfahrt das Schiff am Leuchtfeuer Roter Sand seine Fahrt drosseln musste, fuhr der Frachter noch mehrere Meilen durch das Schutzgebiet. Hier war es unmöglich, unbemerkt mit einem Wagen hinzufahren. Der Taucher musste sich bei Imsum ins Wasser begeben, um die Meile bis Lehe zu nutzen, die Ladung zu bergen, noch bevor die dichtbebauten Ufer der Weser in Höhe von Bremerhaven erreicht wurden. Immer mehr „Woks" mussten nun in Jamaika angebracht werden, immer länger dauerte es entsprechend dann in der Weser, die einzelnen Behälter während der verlangsamten Fahrt aufzuschrauben und deren Inhalte in mitgebrachten Netzen herauszuholen. Der Absatz der Drogen war bislang in den Händen der Deutschen, was sich aber schlagartig änderte, als sich ein arabisches Kartell bei ihnen meldete. Die Tunesier, die den Markt in Norddeutschland beherrschten, hatten bald den Kontakt zu den beiden Deutschen hergestellt und es begann ein Streit über die aufzuteilenden Reviere. Bis zu diesem Zeitpunkt waren die einheimischen Dilettanten zu blauäugig an die ganze Sache gegangen und mussten nun feststellen, dass sie nicht umhin kamen, einen Großteil ihres illegalen Verdienstes an die Afrikaner abzugeben. Sie sorgten weiterhin für den Transport und die Araber übernahmen das Risiko des Verkaufs. So hatte man es mit ihnen vereinbart. Was sie nicht wissen konnten war, dass dem arabischen Kartell ein hochrangiger Beamter stand. Er kontrollierte im Hintergrund die Szene. Zu Gesicht hatte ihn noch niemals einer zuvor bekommen. Er nannte sich „Colonel" und war nur per Handy zu erreichen. Für das neu ausgehandelte Geschäft bekamen die Deutschen nur noch einen Bruchteil dessen, was sie vorher verdient hatten. Als die Ostasiaten auch noch mitmischen wollten, wurde die ganze Sache zum unkalkulierbaren Risiko. Zu diesem Zeitpunkt hatte die Polizei erfolgreich einen Spitzel in die arabische Mafia geschleust. Mit dem Decknamen –Nicolas- sollte der Mann klären, auf welchem Weg so viele Drogen von Zoll und Grenzschutz unbemerkt, die Grenzen passieren konnten. Achmed, der Anführer der arabischen Liga, hatte Verdacht geschöpft, als er in einem unbemerkten Augenblick die unbekannte Telefonnummer im Handy eines Mitarbeiters entdeckte. Im Nachrichtenspeicher waren eindeutige Hinweise von Braiham abgeschickt worden, die als Absender den Namen „Nicolas" trugen. Als man die Nummer analysiert hatte, wusste man, dass Braiham ein Polizeispitzel war. Das war sein Todesurteil. Niclas verschwand und die Geschäfte liefen unvermindert weiter.

„Es werden sicherlich mehrere Schiffe für die Transporte eingesetzt, denn der Nachschub funktioniert auch, wenn die „Gloria 13" noch auf hoher See oder in einem anderen Winkel der Weltmeere unterwegs ist. Von einem Kleindealer, der als V-Mann für sie arbeitete, erfuhren sie, dass die Lieferungen wöchentlich stattfanden. Wie die illegale Ware dabei jedoch transportiert wurde, konnte auch der Informant nicht sagen. Man musste in Erfahrung bringen, woher die „Gloria 13" gekommen war und wo sie auf ihrer Fahrt unterwegs weitere Häfen angesteuert hatte, denn es war durchaus möglich, dass die Ware irgendwo auf der Strecke an Bord gekommen war. Jetzt war jedenfalls das verdächtige Schiff in Fernost unterwegs. Sie konnten natürlich auch nicht jedes Schiff im Hafen von einem Taucher überprüfen lassen. Es musste nach dem letzten Debakel der ergebnislosen Schiffsdurchsuchung einen konkreten Anlass, einen entscheidenden Anhaltspunkt geben. „Die Leute von der Drogenfahndung wollen von uns nichts mehr wissen und da es sich bislang nur um eine vermisste Person handelt, können wir offiziell nicht tätig werden, es sei denn, wir finden seine Leiche." Sie hatten vermutet, dass man diesen Braiham, der sich Nicolas genannt hatte, in den nächsten Tagen aus der Weser fischen würde. Nach so langer Zeit würde man ihn jedoch nicht mehr erkennen können, selbst ein D.N.A. Abgleich wäre sehr aufwendig und schwierig. Stattdessen wurde den Drogenfahndern eine Meldung zugespielt, die sie in eine ganz andere Richtung lenken sollten. Ein angeblicher Informant meldete sich telefonisch und gab an, dass die Ware über östliche Grenzen der EU transportiert würde. Für Joachim und Andreas stand sofort fest, dass das ein

Ablenkungsmanöver war, denn die Durchsuchung im Hafen war nicht unentdeckt geblieben. „Die Route ist vertraut und eingespielt!" sagte Andy. „Man will sich eine so einträgliche Quelle nicht streitig machen lassen." Und als man in Nordenham, auf der gegenüberliegenden Seite der Weser zwei Tote fand, die in ihrer gemeinsamen Wohnung buchstäblich hingerichtet worden waren, wurde der Fall wieder interessant. Man fand Hinweise, dass es sich um die Auftraggeber für die Drogenbeschaffung handeln musste. Joachim war wieder im Rennen. Er hatte schon im hausinternen „Intra-Net" der Kripo davon erfahren, bevor sein Chef ihm den erneuten Doppelmord als Fall auf den Tisch legte. Joachim war mit seinen Kollegen natürlich für das ganze Bundesland zuständig: Bremerhaven und Bremen. Andreas war felsenfest davon überzeugt: „Wenn wir die Transporte klären, so führt uns das zu weiteren Hintermännern, die auch für diese Morde verantwortlich sein müssen!" Eventuell musste man sogar annehmen, dass da konkurrierende Banden am Werk waren. Es handelte sich bei den Ermordeten um zwei, bis zu diesem Zeitpunkt völlig unbescholtene, deutsche Mitbürger, die zwar regelmäßig für ein paar Wochen in der Karibik Urlaub gemacht hatten, aber nie beim Zoll oder der Polizei unangenehm aufgefallen waren. Bei weiteren Untersuchungen in ihrer Wohnung fanden die Beamten große Bargeldbestände und Kontoauszüge einer Bank auf Jersey, einer Kanalinsel vor der Französischen Küste.

Seine kleine, weiße Freundin erschien ihm in der Nacht. Sie begleitete ihn mit federnden Schritten, einem Panther gleich, als er an der Weser entlang ging. Unterhalb der beiden Leuchtfeuer von Weddewarden und Lehe sprang die Katze auf eine Mauer und fauchte einem Schiff entgegen, das mit verlangsamter Kraft auf die Columbus-Kaje zusteuerte. „MS Kingston-Queen" stand mit dicken, grauen, halb verwitterten Buchstaben seitlich unterhalb der Reling am Bug. Andreas wollte die Katze auf den Arm nehmen, doch sie kratzte und wehrte sich heftig. Jetzt erst sah Steffenson, dass sie nicht das Schiff, sondern einen Taucher anfauchte, der sich schwimmend von Heck entfernte. Er wurde von zwei Schildkröten zum Ufer begleitet. Dort stieg er aus dem Wasser, lief die Böschung hoch und sprang mit einem Plastikbündel in ein dort geparktes Auto. Die weiße Katze rannte in diese Richtung, als sich seine traumhaften Wahrnehmungen in einer Nebelwolke auflösten. Andreas saß aufrecht im Bett. Könnte das die Lösung sein? Entfernte man die mitgebrachte Ladung vom Rumpf, bevor das Schiff am Zollamt in Bremerhaven anlegte? Aber was hatte es mit den immer wiederkehrenden Schildkröten auf sich? Noch hatte er keine Erklärung für das Puzzle. Es war dieser immer wiederkehrende, nicht zusammenpassende Traum. Er musste der Sache nachgehen und stand auf, denn es könnte sein, dass es dieses Schiff tatsächlich gab und es jetzt noch im Hafen lag. Er nahm sein Notebook und ging damit in die Küche. „Schifffahrtsamt, Schiffsnamen, Routen, Reedereien . . . " bald hatte er gefunden, was ihm den Schlaf geraubt hatte: „MS Kingston-Queen" da stand es. Es gab ihn wirklich! Dieser Frachter war unterwegs von Montego Bay nach Bremerhaven. Hier stand sogar, was das Schiff geladen hatte: Drei Container mit „Blue mountain"- Kaffee, zwei mit Bananen. Aber das Schiff war nicht hier irgendwo in einem Hafen – Es befand sich noch auf hoher See! Voraussichtliche Ankunft am Freitag . . . das war übermorgen. Er musste Joachim anrufen! Aber eine zweite Pleite konnte er sich nicht erlauben. „Man müsste die Weser von Imsum bis Bremerhaven überwachen, aber das waren bestimmt geschätzte 8 Kilometer! Wie können wir das schaffen?" fragte er sich leise. Zusammen mit Hauptkommissar Stehler und Carlson, die einzigen, die nach diesem ersten, missglückten Debakel noch auf seiner Seite standen, waren sie immer noch zu wenige. Verschlafen stand Maria im Rahmen: „Was ist denn nun schon wieder? Ich werde langsam auf diese Katze eifersüchtig!" scherzte sie, nahm ihn bei der Hand und führte ihn zurück ins Schlafzimmer. „Drei Uhr!" sagte sie dabei vorwurfsvoll. „Schlaf endlich!" Dann kuschelte sie sich an ihn und schlief sofort in seinen Armen ein. Er wollte sich noch ein paar Notizen machen, aber das Sandmännchen hatte auch ihm eine weitere, gehörige Portion Schlaf zugedacht. Am nächsten Morgen konnte er sich erstaunlich gut an den letzten Traum erinnern. Während Maria das Frühstück zubereitete, schrieb Andreas seine geträumten Ereignisse von der letzten Begegnung der weißen Katze auf, kündigte seinen Besuch im Polizeipräsidium an und ging dann ins Kinderzimmer, um ihren gemeinsamen Sohn zu wecken.

Andreas wartete auf Joachim, der mit seinen Kollegen Kröger und Carlson außer Haus war. Er saß in der Kantine, trank ein Glas Mineralwasser und studierte die Tageszeitung. Der angekündigte Termin konnte von den Kollegen der Mordkommission nicht eingehalten werden, da sie überraschend zu einem Einsatz gerufen wurden. Sie untersuchten eine Wohnung nach Hinweisen, die auf Fremdverschulden schließen ließ. Ein angeblicher Unfall war dem benachrichtigten Arzt seltsam vorgekommen. Deshalb hatte er die Mordkommission angefordert. Er hatte Zweifel an einem normalen Ableben geäußert. Steffenson blätterte noch in dem Tageblatt, als Joachim nach einer halben Stunde neben ihm stand. „Der Portier sagte mir, wo du auf mich wartest. Entschuldige die Verspätung, aber . . . . " Andreas legte die Hand auf seinen Arm: „Weiß schon. Ein Todesfall. Felix hat es mir gesagt." „Dieser Portier! So ein Waschweib!" „Beruhige dich! Es ist meine Schuld. Ich hatte nur gefragt, ob du unseren Termin vergessen hättest!" Joachim, der sich kurz gesetzt hatte, stand wieder auf. „Nimm das Glas mit. In meinem Büro spricht es sich besser!" Sie gingen zur Pendeltür, während Andreas ein „Danke, tschüss" zu der Bedienung rief und dann dem Hauptkommissar folgte. „Ist es eilig?" wollte Joachim wissen, denn sie hatten vereinbart, dass er sich bei dem Autor melden würde, sobald es etwas Neues geben würde. „Was ist denn mit dem heutigen Fall? Hast du da überhaupt noch Zeit, dich um meine Träume zu kümmern?" Joachim lächelte. „Erstens: Der Mann war ganz alleine in seiner abgeschlossenen Wohnung. Keine Kampfspuren – kein Anfangsverdacht! Zweitens: Die Pathologie ist noch bei der Arbeit und wird frühestens Morgen erste Ergebnisse

vorweisen können, und drittens: der Tote lebte alleine und hatte so viele Tabletten zuhause, man könnte eine ganze Apotheke damit ausrüsten. Wir müssen abwarten, aber es sieht nicht nach einem Verbrechen aus. Der Arzt ist zwar anderer Ansicht, aber warum konnte er auch nicht sagen. So nun zu dir! Was gibt es?" Andreas erzählte dem erfahrenen Beamten seinen letzten Traum und wie er es anstellen würde, auch ohne die Bremer Drogenfahndung in diesem Fall tätig werden zu können. Am Morgen des zweiten Tages saßen Joachim, Carlson und Andreas auf einem kleinen Parkplatz in der unmittelbaren Nähe zum Deich an der unteren Weser. Sie tranken Kaffee aus ihren Thermoskannen und aßen, noch äußerlich total entspannt, ihre selbstgeschmierten Brote. „Wieviel Zeit haben wir noch?" Carlson schaute vom Rücksitz nach vorne, wo Stehler auf sein Handgelenk schaute. „In einer Stunde sollte es soweit sein. Dann wird die MS Kingston-Queen das Leuchtfeuer „Roter Sand" passieren. Wir verteilen uns hier auf dieser Seite, so wie wir das besprochen haben." Die Männer nickten und beendeten ihr spartanisches Frühstück. Als Stehler noch einmal letzte Informationen mit der Hafenverwaltung in Bremerhaven erhalten hatte, stiegen sie gemeinsam aus. „Gut, dass ich nochmal angerufen habe, der Frachter legt voraussichtlich eine halbe Stunde früher an. Nehmt die Funkgeräte aus dem Kofferraum und stellt sie auf Kanal 14. Wir bleiben ab jetzt auf Empfang. Auf eure Posten, los geht`s!"
Die Meldung war, wie immer in knappen Stichworten: „MS Kingston-Queen, 9.3oh Imsum, 3o kg Mari." Die Kurznachricht hatte der Colonel gestern erhalten und seinen Taucher mit diesen erforderlichen Daten nach

Bremerhaven geschickt. Um 8.3oh meldete vibrierend das mobile Telefon des Colonels einen Anruf. Zu diesem Zeitpunkt war der Boss jedoch aus beruflichen Gründen nicht in der Lage, auf das Display zu schauen, geschweige denn, das Telefonat anzunehmen. Er griff in seine Tasche und schaltete das Gerät ab. Der Taucher, der gerade seinen Neoprenanzug auf dem Parkplatz in Lehe angezogen hatte und dringen seinen Rat gebraucht hätte, wusste nicht, was er davon halten sollte. Hier am Deich, in dieser Einöde, hielten sich zwei Männer auf. Ihm blieb nur noch eine Stunde Zeit, um im Wasser zu sein. Er ging zum Wagen und fuhr bis Imsum der Wesermündung entgegen. Er musste die bestellte Ladung unter Wasser abschrauben und aus dem Wasser sein, bevor das Schiff in die Nähe der Leuchttürme kam. Was wollten die beiden Männer am Deich? Waren es einfache Touristen? Ein Zufall den er falsch bewertete? Oder war ihr Vorhaben verraten worden? Warum meldete sich der Colonel nicht? Als er mit seinem Wagen drei Meilen flussaufwärts gefahren war, hielt er an, nahm seine Sauerstoffflaschen und den Spezialschlüssel, mit dem er die Deckel unter Wasser abschrauben konnte, sowie den starken Elektromagneten, der zu seiner Sicherheit bei der Unterwasser-Arbeit zwingend notwendig war. Testweise schaltete er den Magneten ein und überprüfte noch einmal die Funktion, denn das Gerät war lebenswichtig für ihn. Neben einem fahrenden Schiff war es normalerweise unmöglich, wegen der Strömung und Verwirbelung des Wassers in Ruhe tauchen zu können. Er befestigte das Netz für seine Beute am Gürtel, legte den Magneten hinein, lief die Böschung hinab und zog unten am Ufer seine Flossen an. In weiter Entfernung näherte sich ein Schiff. Er nahm sein kleines Fernrohr und suchte nach dem Namen des Frachters, der nun eine leichte Drehung am Ende der Robbenplate machte. Da! Er konnte es deutlich lesen: MS Kingston-Queen. Er klappte das Fernrohr zusammen und wartete ab, bis das Schiff in Reichweite war. Dann glitt er in die eiskalte, nasse Flut, schwamm auf den Frachter zu und schneller als erwartet, hatte er Dank der präzisen Daten die drei avisierten Behälter ausfindig machen können. Jetzt nahm er den starken Magneten, den er bei sich führte, legte ihn bündig auf die Schiffswand neben die angebrachten Behälter und schaltete ihn ein. Die angebrachte Sicherungsleine hakte er an seinem Gürtel fest. Die Sicht unter Wasser war sehr schlecht. Nun galt es! Aufschrauben, verschweißtes Paket entnehmen, in das Netz legen und zuschrauben! Weiter, der nächste Behälter, gleiche Prozedur . . . und ein letztes Mal, fertig. Er schaltete den Magneten wieder aus, legte ihn zu der eingeschweißten Ware in das Netz, drückte sich von der Schiffswand ab und ließ sich treiben. Das Heck, kam sehr schnell verwirbelnd näher und er musste kräftig dagegen halten, um nicht in die beiden Schrauben gezogen zu werden. Dann schwamm zurück zum Ufer. Als er auftauchte, sah er den Frachter hinter einer Schleife im Nebel verschwinden. Er stieg mit seiner schweren Fracht aus dem Wasser, zog die Flossen aus und stieg den Deich hoch. Er musste gut fünfhundert Meter weit laufen, obwohl er vorher schon dem Schiff einen Kilometer entgegen gekommen war. „Zwei Meilen abgetrieben!" murmelte er, als die Sachen im Kofferraum verstaut waren und er seinen nassen Anzug auszog. Er nahm sein mobiles Telefon und rief, wie vereinbart die geheime Nummer an, um Vollzug zu melden: „Ja?" Die

Stimme des Colonels klang gewohnt dunkel und verzerrt „Hier Frosch, Chef das war knapp! Zwei Männer waren an der besagten Stelle und haben auf irgendetwas gewartet. Ich weiß nicht, ob das was zu sagen hat!" Die Antwort kam prompt und gewohnt knapp: „Ist die Ware in Sicherheit?" „Ja, Chef! Ich habe alles im Kofferraum!" Nach einer kleinen Pause kam die monotone Stimme wieder: „Fotografieren Sie die Männer. Ich will wissen, wer das ist. Schicken Sie mir die Aufnahmen per E-Mail! Ende!" Der Taucher, der sich Frosch nannte, legte sein Handy auf den Beifahrersitz, nahm die Digitalkamera aus dem Handschuhfach und fuhr langsam wieder unterhalb des Deiches zurück. Jetzt sah er drei Männer, die oben auf der Kuppe standen und wild miteinander diskutierten. Der Taucher machte mehrere Aufnahmen von ihnen, bevor er unbemerkt wendete und wieder zurück auf die Straße fuhr. Hier ging er zügig in sein Hotel, legte den Mikro-Chip der Kamera in das Lesegerät, schaltete seinen Laptop ein und wählte die E-Mail-Adresse vom Colonel. Dann schloss er das Lesegerät an und sendete die soeben gemachten Bilder an seinen Chef. Nachdem er die Empfangsbestätigung bekommen hatte fuhr er zu dem vereinbarten Übergabeort und parkte den Wagen in der Tiefgarage, bevor er mit dem Bus wieder in sein Hotel zurückfuhr. Er hatte weder seinen Auftraggeber, noch eine Kontaktperson je zu Gesicht bekommen. Sein Anteil wurde, wie immer, mit einem falschen Absender auf sein Girokonto eingezahlt.

Als Andreas nach Hause kam, waren Maria und sein Sohn Pablo nicht da. Er ging sofort zum Telefon und rief ihr Handy an, das sich jedoch kurz darauf aus dem Schlafzimmer meldete. Auch der Hausschlüssel und ihre Handtasche lagen neben dem Bett . . . . . auch wenn alles dafür sprach, dass hier etwas passiert sein musste, so war er erstaunlicher Weise innerlich völlig ruhig! Bevor er seinen Freund Stehler davon informieren wollte, setzte er sich in den Sessel und überlegte. Wo könnte Maria mit dem Jungen hingegangen sein? Hatte man sie entführt? Es wusste niemand, dass er mit der Mordkommission zusammenarbeitete! Oder doch . . . . . ? Wer könnte ein Interesse daran haben, ihn unter Druck zu setzen? Da klingelte sein Telefon. Hastig rannte er zurück ins Wohnzimmer: „Ja? Hallo? Wer ist denn da?"

„Nana, Andreas. Wie meldest du dich denn am Telefon? Joachim hier! Hör mal, ich hab da so eine Vermutung! Wir . . . . . " Steffenson unterbrach ihn: „Ich weiß nicht, wo Maria mit Pablo ist! Ihr Handy, ihre Handtasche . . . . beides liegt noch hier. Sie ist einfach weg!" Er redete und redete, doch die Leitung war tot. „Hallo? Joachim? Hast du mich verstanden? Maria . . . . " Jetzt erst merkte Andreas, dass er keine Verbindung mehr hatte. Er tippte mehrfach auf die Taste und horchte in das Gerät. Die Leitung blieb tot. „Man hat gerade das Kabel durchtrennt!" schoss es ihm durch den Kopf. Wo war sein mobiles Telefon? Er suchte in der Innentasche seiner Jacke, als er ein leises Knacken im Flur hörte. Vorsichtig ging er zum Kamin und nahm den Eisenhaken, mit dem er normalerweise das Holz in der Glut umdrehte. Wie einen Golfschläger nahm er den schweren Stab in die rechte Hand und öffnete die Tür. Als er in den Flur schaute, sah er einen Schatten, der zum Ausgang flüchten wollte. Er rannte hinter ihm her und schlug mit dem Eisenhaken kräftig gegen seine Beine. Die Gestalt knickte ein, schaffte es jedoch trotzdem, ohne sich umzudrehen und humpelnd durch die Haustür ins Freie zu entkommen. Andreas rannte zur Tür und wurde draußen von einem hellen Blitz überrascht. Ein dumpfer Schlag gegen seine Schulter riss ihn herum und er fiel kraftlos in den Eingang. Ein schwarzer Vorhang senkte sich über sein Gesicht und er verlor sein Bewusstsein.

„Andy?" Steffenson reagierte erst, als man ihn kräftig an der Schulter packte. Vorsichtig versuchte er, seine Augen zu öffnen und schaute in ein grelles Licht, dass einen stechenden Kopfschmerz verursachte. „Andy! Sieh mich an! Was ist passiert?" Er wollte sich aufsetzen, wurde jedoch sanft daran gehindert. „Holla, nicht so schnell! Du bist verletzt, mein Junge. Maria hat uns angerufen, als sie dich im Flur fand. Hörst du, was ich sage? Verstehst du mich?" Als er die letzten Worte mitbekam, versuchte er wieder, blinzelnd die Augen zu öffnen: „Wo bin ich? Was ist das für ein helles Licht?" Jetzt spürte er einen zarten Kuss auf der Stirn. „Madre mia, Andy! Que pasa?" Was ist passiert? Steffenson entspannte sich! Maria war bei ihm und es schien ihr gut zu gehen. Er öffnete erneut die Augen und schaute in ihr Gesicht. Tränen liefen ihm vor Glück über die Wangen: „Pablo?" fragte er und Maria gab den Blick auf seinen Sohn frei, den Joachim auf dem Arm hatte. „Du bist im Krankenhaus. Man hat dir in die Schulter geschossen. Was war los?" Andreas ging nicht auf ihre Frage ein: „Wo warst du?" Maria erzählte ihm, dass sie in der Küche war, als plötzlich an der Hintertür ein Klirren zu hören war. Sofort reagierte sie und flüchtete mit Pablo in den Keller. Gerade noch rechtzeitig, bevor ein dunkel gekleideter Mann durch das zerschlagene Fenster ins Haus gelangt war. Sie hatte keine Zeit mehr, an ihr Handy oder das Haus-Telefon zu kommen. Dann hörte sie, wie die Haustür aufgeschlossen wurde. Sie wusste zunächst nicht, ob der Fremde eine zweite Person hereingelassen hatte, oder ob es ihr Andreas war. Die Minuten vergingen und sie lauschte hinter der geschlossenen Kellertür. Dann, nach geschätzten zwei, drei Minuten, hörte sie polternde, laute Geräusche im Flur und dann den dumpfen Schuss. Sie wartete einen weiteren Augenblick ab und wagte sich dann in den Flur, wo sie Andy verletzt auffand und sofort den Krankenwagen und den Hauptkommissar anrief. Jetzt kam Joachim zum Bett: „Du hast riesiges Glück gehabt! Das Projektil traf dich seitlich am Arm und warf dich sofort zu Boden. Wer auch immer auf dich gezielt hatte, er muss in Panik gewesen sein. Du hast niemanden erkannt?" Andreas schloss die Augen und konzentrierte sich. „Erkannt nicht, aber er muss verletzt sein! Ich habe ihm den Schürhaken übers Kreuz gezogen! Danach ist er rausgehumpelt. Er hat gewaltig einen abbekommen. Ich bezweifle jedoch, dass er auch auf mich geschossen hat. Der schleppte sich die Treppe herunter, als mich der Blitz traf!" Joachim drückte seine Hand. „Ein Beamter bewacht dich! Schlaf dich gesund!" Maria hielt ihm Pablo vors Gesicht und der Kleine formte seine Lippen zum Kuss. Auch sie verabschiedete sich so von ihm. „Wie lange muss ich hierbleiben?" Joachim drehte sich in der Tür um: „Frag den Arzt. Er wird gleich zu dir kommen. Schlaf gut!" Die Tür schloss sich. Erleichtert schloss er wieder seine Augen und sofort sprang im Traum sein kleiner Vierbeiner auf sein Laken. Er schaute der Katze in ihre roten Augen und sah den Chef der Drogenfahndung, Hauptkommissar Kalter vor sich, der einen Neoprenanzug abstreifte und ihn dabei anlächelte. Im Hintergrund hörte er das Nebelhorn eines Schiffes. Was hatte das zu bedeuten? Wieder erklang ein eintöniges Brummen und ein Stimmengewirr drang an sein Ohr. Träumte er noch oder war er wieder wach? „Steffenson? Schlafen Sie?" Andreas schlug müde seine Augen auf. Ein älterer Mann und eine junge Frau, beide in weißen Kitteln, standen neben seinem Bett. „Gröhlich, Dr. Gröhlich. Ich bin der Oberarzt und das ist Schwester Agnes. Wie fühlen Sie sich?" Andreas schaute an den Beiden vorbei zur Tür, wo er den Polizeibeamten sehen konnte, der ihm zunickte. „Bin ich so schwer verletzt, dass ich nicht nach Hause kann?" fragte er und der Mediziner nahm sein Handgelenk und schaute gleichzeitig auf seine Armbanduhr. „Es ist nicht nur die Verletzung, müssen Sie wissen. Sie sind jetzt seit zwei Tagen bei uns und es steht einer Entlassung nichts im Wege, wenn sich Ihr Kreislauf vernünftig stabilisiert." Andy setzte sich schmerzverzerrt auf: „Seit zwei Tagen? Eben waren doch noch meine Frau und Joach . . . ich meine Hauptkommissar Stehler hier bei mir!" Der Arzt lächelte verständnisvoll: „Sehen Sie, das meine ich. Ihre Frau war auch heute wieder bei Ihnen, aber Sie haben die ganze Zeit geschlafen und waren nicht wachzukriegen!" Dann ergänzte er: „Hier der rote Knopf. Drücken Sie den, wenn etwas ist. Wir werden Sie gleich noch einmal genau untersuchen, dann können Sie selber entscheiden, ob Sie morgen oder übermorgen nach Hause können. Ist das in Ordnung?" Andreas nickte. Er war etwas verwirrt und schaute die junge Schwester an: „Ich habe Hunger! Kann ich Etwas zu essen bekommen?" Sie nickte, während sich der Arzt von seinem Stuhl erhob. „Na sehen Sie! Das ist doch ein gutes Zeichen. Wir werden Sie in einer Stunde abholen und untersuchen. Guten Appetit!" Schwester Agnes beugte sich über ihn: „Haben Sie einen besonderen Wunsch, oder soll ich etwas aussuchen?" Andreas sagte seine Wünsche, die sie freundlich entgegennahm und dann das Zimmer verließ. Nach kurzer Zeit wurde die Tür wieder geöffnet und ein Mann trat ein. Andreas dachte schon, dass er jetzt ohne Essen in den Untersuchungsraum gebracht würde, als er plötzlich etwas auf dem Gesicht spürte. Gleichzeitig versuchte jemand, seine Hände festzuhalten, während ihm ein Federkissen auf den Kopf gepresst wurde und langsam den Atem nahm. Er konnte weder rufen, noch sich wehren, als es dann plötzlich einen Tumult gab und er losgelassen wurde, rang er nach Luft und warf das Kissen von sich. Schwester Agnes war hereingekommen und hatte sich eingemischt. Nach einem kurzen Gerangel war es plötzlich still. Agnes lag blutend am Boden, während ein Mann im Arztkittel schnell sein Zimmer verließ. Wo war der beschützende Beamte? Er hing noch an den Geräten und konnte sich nicht so schnell bewegen, denn als er aufrecht saß und die Beine aus dem Bett nehmen wollte, wurde ihm schwindelig. Er nahm den Schalter mit dem roten Knopf und drückte ihn fest, während er kraftlos wieder zurück auf sein Bett fiel. Dunkelheit umgab ihn und seine letzten Gedanken waren nur noch: Bitte, lass diesen Mann nicht zurückkommen . . . . . .

Als er wieder zu sich kam, war er umringt von Beamten. Er wollte gerade eine Frage stellen, als sich Joachim aus der Runde löste: „Du bist hier nicht mehr sicher! Woher wissen die bloß, wo du bist? Das war jetzt der zweite Anschlag auf dich. Was sollen wir machen?" Andreas zog seinen vertrauten Freund etwas näher zu sich: „Ich will nach Hause. Was ist mit Maria?" Stehler nickte ihm gut zu: „Deiner Frau geht es gut!" Dann schaute Andreas um sich: „Wo war der Beamte denn, der zu meiner Sicherheit hierher bestellt war? Und was ist mit Agnes?" „Die Krankenschwester, meinst du? Sie hat dir offenbar das Leben gerettet, denn als sie hereingekommen war, hatte sie die Situation sehr schnell einschätzen können. Mit dem Essen auf dem Tablett hat sie sofort auf den Mann eingeschlagen. Er konnte sie im Fallen jedoch noch mit zu Boden reißen und verletzte sie dabei am Kopf. Der Täter taumelte durch den Flur, wo ihm ein Pfleger nachlief und ihn überwältigte. Der Polizist, der dich bewachen sollte, liegt erstochen auf der Toilette." Steffenson setzte sich und zog vorsichtig die Kanüle aus seiner Armbeuge. Dann nahm er ein Pflaster aus der Schublade, klebte es auf die Einstichstelle und winkelte den Arm stark an. Er atmete tief durch, bevor er wankend aufstand und sich von Joachim stützen ließ. „Bringst du mich heim?" Joachim nickte. Er würde ihn in seiner Villa in Dibbersen besser schützen können, wenn Carlson und Kröger sich mit im Haus aufhalten würden. „Wir haben Niclas gefunden! Leider war er schon tot! Das Phantombild, aus deinem Traum zusammengestellt, war perfekt! Der Araber hieß in Wirklichkeit Braiham und wurde genauso hingerichtet, wie die Deutschen, die das Rauschgift bis vor kurzem an der Wesermündung

77

entgegengenommen hatten." Andreas hielt seinen Zeigefinger vor die Lippen: „Ich traue hier niemandem mehr. Sei ruhig. Wir können später reden!" Joachim ging zu einem Stuhl, wo sich Andy kurz noch einmal setzen konnte, während der Beamte zum Wandschrank ging und seine Sachen zusammenpackte. Die anderen Männer schauten verstohlen auf die Beiden, die kein Wort mehr wechselten. Kurze Zeit später hatte Andreas seine Straßenkleidung angezogen und saß neben Joachim im Dienstwagen. Sie schauten sich an und holten tief Luft. Andreas nickte ihm zu, klopfte auf dessen Schulter und sagte: „Nach Dibbersen, bitte!" Joachim lächelte über den Humor, den sein Freund auch jetzt noch zeigte. Während sie über die Dörfer fuhren, grübelte Andy vor sich hin. Er kam mit seinen Träumen nicht weiter. Was hatten sie bisher herausgefunden? Es gab zwar östliche Konkurrenten, aber sie waren wohl nicht für die Morde verantwortlich. Andreas und Joachim hatten mit ihrer Annahme tatsächlich Recht gehabt, dass es sich bei dieser Information um eine Irreführung gehandelt hatte. Aber wer steckte dahinter? Wer hatte so viel Kenntnis, dass er die eingefahrenen Geschäfte der Deutschen durchschaut hatte und nahtlos weiterführen konnte? Er sprach seine Gedanken laut aus und für beide waren sich einig, dass es nur eine einzige Schlussfolgerung zuließ: Die Lösung war bei den eigenen Kollegen zu suchen! Sie mussten noch einmal behutsam mit dem Leiter der Drogenfahndung Kontakt aufnehmen.

Stehler saß mit Andreas in dessen Wohnzimmer. Maria war mit dem Kleinen im Obergeschoss. Hier, in der Villa in Dibbersen an der Weser, hatten sich die Kripobeamten einquartiert, denn ein weiterer Mordversuch auf Andreas oder seine Familie musste auf jeden Fall verhindert werden. Steffenson legte die gelesenen Akten zurück auf den Tisch und nahm einen kräftigen Schluck Kaffee: „Wir sind doch alle Verdächtigen durchgegangen! Entweder liegen wir völlig falsch oder haben etwas Wichtiges übersehen. Das ist doch zum Verzweifeln! Man ist uns immer einen entscheidenden Schritt voraus!" Joachim gab ihm Recht. „Das sehe ich auch so und hab mir meine Gedanken dazu gemacht. Ich fürchte fast . . . " er rückte etwas näher zu ihm, damit die anderen Beamten im Flur ihn nicht hören konnten: „ . . . einer von uns!" Andreas dachte sofort an den Traum, als der Leiter des Drogendezernates, Oberkommissar Kalter mit einem Neoprenanzug lächelnd aus einem Fluss gestiegen war, als im Hintergrund ein Schiffs-Nebelhorn zu hören war. „Ich Depp!" sagte Andreas. „Keine Bedeutung hatte ich dem gegeben und fast wieder vergessen, was ich da im Krankenhaus geträumt hatte. Wirres Zeug, allemal! Ich hatte das auf die Wirkung der Tabletten geschoben und verdrängt. Aber jetzt? Bei objektiver Betrachtung wird tatsächlich ein klares Bild daraus!" „Hähhh?" Joachim verstand kein einziges Wort von dem, was Andreas da so leise vor sich hin murmelte. Als Steffenson seinen Traum schilderte, flackerten die Augen seines Freundes ungläubig: „Du glaubst doch nicht etwa, dass der hinter den Morden steckt?" Andreas nickte: „Und ob! Wer sonst hätte die Möglichkeiten? Wer sonst würde jeden unserer Schritte immer schon vorher wissen und entsprechend reagieren können, wenn nicht er?" Joachim blies so laut die Luft aus seinem Mund, als würde er einen Ballon aufpusten. Er fuhr sich fahrig mit der Hand durchs Haar. Als er sich von dem Schock erholt hatte, kam die obligatorische Frage: „Wie könnten wir ihm das denn beweisen?" Steffenson schaute ihn an: „Ganz einfach! Indem wir etwas anderes zu Protokoll geben, als wir in Wirklichkeit zu tun gedenken. Kurz, wir werden ihn mit Fehlinformationen füttern und ihm so eine Falle stellen!" Stehler blieb skeptisch. „Das können wir unmöglich vor den Kollegen verheimlichen. Am besten wird es sein, wenn die Information von dir kommt. Sag einfach, dass du . . . . " Andy nickte: „Ich weiß, was du sagen willst! Ich soll es auf einen Traum und damit auf meine weiße Katze schieben, stimmt's?" Joachim lächelte: „So ungefähr, denn sie ist nicht haftbar zu machen, für eine eventuelle, falsche Spur!"

Andy war an diesem Abend frühzeitig ins Bett gegangen, während Maria noch eine Weile im Wohnzimmer mit ihrem Beschützer, dem Hauptkommissar Joachim Stehler diskutierte. Steffenson war schon im Traumland, als Maria vorsichtig unter die Decke kroch und sich an ihn schmiegte. Es war gegen Morgen, die Sonne durchbrach die Nebelwand, die langsam von der Weser über die Grasfläche hochzog. Alle Bewohner lagen noch im tiefen Schlaf, als sich die weiße Katze im Schlaf zu Andreas gesellte. Sie sprang vom Bett und ging, den Kopf zu ihm gewandt, langsam ins Bad. Als er nicht sofort reagierte, schaute sie an der Tür um die Ecke und fauchte ihn auffordernd an. Steffenson verließ wiederwillig das warme, gemütliche Bett und folgte dem kleinen Helfer, der auf dem Deckel der Toilette auf ihn wartete. Als er hereinkam, sah er im Spiegel den verdächtigen Kripoleiter, der sich mit einem weiteren Mann unterhielt. Nach ein paar Sätzen drehte sich der Fremde um und kam auf Andreas zu. Ein erstauntes: „Ahhh . . . was ist das denn?" entfuhr es ihm, als er auch in dieser Person eine gewisse Ähnlichkeit mit dem Oberkommissar Kalter erkannte. Der Mann war vielleicht ein wenig jünger, aber sonst? Ein doppelter Beamter? Sein Bruder? Er wurde wach, weil Maria ihre Hand auf seine Stirn legte: „Andreas, aufwachen! Du träumst!" Er hatte wieder einmal intensiv und laut erregt im Schlaf gesprochen. Steffenson sah seine Frau im Halbdunklen aufrecht im Bett sitzen. „Hör auf, damit! Du machst mir langsam richtig Angst!" Er war noch unter dem Eindruck seines Traums und ignorierte ihre Angst: „So könnte es sein!" rief er und rannte ins Wohnzimmer, wo Stehler sein Nachtlager auf der Couch hatte: „Joachim!" rief er ungeachtet der Tatsache, dass sein Freund noch fest schlief: „Ich hab die Lösung! Könnt ihr herausfinden, ob Kalter einen Bruder hat?" Verschlafen rieb sich der Oberkommissar die Augen und schaute auf seine Uhr: „Halb vier! Was willst du?" Er hatte nicht verstanden, was Andreas jetzt von ihm wollte. Er war wie besessen. Als er seine Frage wiederholte, war auch der Kripobeamte hellwach. „Verstehst du? Egal wo und mit wem man ihn sehen würde, er hätte immer ein handfestes Alibi!" Jetzt setzte sich auch Stehler auf und nahm seine Lesebrille, Notizbuch und Stift, die neben ihm auf einem kleinen Tischchen lagen. Schnell klappte er eine leere Seite auf und machte sich entsprechende Anmerkungen.

„Soweit ich weiß, kam Kalter vor fünfzehn Jahren aus einem der neuen Bundesländern. Brandenburg? Jedenfalls war es östlich von Berlin, denn er war in Frankfurt/Oder auf der Polizeischule gewesen! Um ihn als Täter oder Mitwisser völlig auszuschließen, müssen wir uns etwas näher mit ihm und seinem Werdegang befassen. Das kann am besten Bülow übernehmen. Ich will alles wissen! Ob er Geschwister hat, Wohnort in der Jugend, Beurteilungen der Polizeischule und so weiter . . Sascha hat mit seinem Rechner die Mittel und das Feingefühl, diese Informationen zu bekommen, ohne den offiziellen Dienstweg zu nehmen!" Er schaute Andreas verschmitzt von der Seite an: „Wir wollen ja nicht, dass man uns frühzeitig bremst und für verrückt erklärt, oder!" Andreas stimmte ihm zu. „Ich geh noch einmal ins Bett, denn jetzt können wir noch nichts unternehmen, bis zum Frühstück!" Er stand auf und ging ins Schlafzimmer, wo Maria wieder tief und fest eingeschlafen war.

„Oberkommissar Stehler?" Joachim hatte den Hörer am Ohr: „Ja? Wer spricht denn da?" Leises Getuschel und ein Raunen waren zu hören, bevor sich die Stimme wieder meldete: „Sind Sie Joachim Stehler, von der Mordkommission?" Nun wurde der Beamte hellhörig und gab Bülow, der sich im Büro aufhielt, ein deutliches Zeichen, den zweiten Hörer aufzunehmen, der zur Beweissicherung am Diensttelefon angeschlossen war. „Mein Name tut nichts zur Sache. Sie waren doch dabei, als man hier im Freihafen ein Schiff aus der Karibik durchsucht hatte, stimmt's?" Joachim machte eine Drehbewegung mit dem Handgelenk und Sascha wusste sofort, dass er den Anrufer ermitteln sollte. Während Bülow hastig zur Zentrale lief, versuchte Stehler das Gespräch hinauszuzögern. „Was meinen Sie damit?" Ein herzhaftes Lachen war die Antwort: „Schluss mit dem Versteckspiel. Ich meine die „Gloria 13", verstehen Sie jetzt? Man hat sie routinemäßig wegen halbjährlichen Wartungsarbeiten ins Trockendock gezogen und dabei seltsame Metallscheiben auf dem Schiffsrumpf gefunden. Ich dachte, das könnte für Sie von Interesse sein . . . . " Bevor Stehler etwas erwidern konnte, hatte er schon das Freizeichen im Telefon. „Mist! Aufgelegt!" Er lief in den Flur, wo er am anderen Ende seinen Kollegen Bülow sah, der sich mit der Dame der Zentrale unterhielt. Joachim rief ihm entgegen: „Und?" Sascha bedankte sich und kam zu ihm, während er ein Stück Papier über dem Kopf wedelte. „Bingo!" rief er dabei und kurz darauf saßen sie wieder im Büro. „Der Anruf kam von einer Werft aus Bremerhaven. Wir haben die Stimmprobe gespeichert. Was wollte der?" Stehler sah ihn an: „Metallplatten am Schiffsrumpf, verstehst du das? Es schien dem Mann so wichtig gewesen zu sein, dass er mich anrufen musste! Woher hatte der meine Nummer und wusste, dass ich an der Durchsuchung maßgeblich beteiligt war?" Die Frage stand unbeantwortet im Raum. Oberkommissar Stehler machte eine Telefonnotiz, stand auf und überprüft, dass seine Bürotür wirklich verschlossen war. Dann gab er Sascha sein aufgeschlagenes Notizbuch. „Bekommst du das heimlich hin? Es darf auf keinen Fall irgendeiner davon etwas wissen oder bemerken. Andreas hatte einen interessanten Traum, eine Idee, die uns in dem akuten Fall weiterbringen kann." Der IT Spezialist rieb sich die Hände, denn das war seine Lieblingsbeschäftigung. „Gib mir eine Woche, dann wird der Hauptkommissar als Glaspuppe vor uns stehen. Ich werde ihn durchleuchten wie ein nasses Papier, verlass dich auf mich!" Er nahm das Notizbuch und legte es seitenverkehrt auf die Glasplatte des Kopierers, klappte den Deckel zu und drückte den Knopf. Der helle Laserstreifen fuhr hin und zurück, dann kam ruckend ein Platt Papier aus dem unteren Schacht. Während er die Kopie ansah, nahm er das kleine Buch von der Auflage und gab es Stehler zurück. „Bleib sitzen! Ich will noch etwas mit dir, Kröger und Carlson besprechen!" Sascha nahm wieder Platz, während Stehler die anderen Kollegen in sein Büro rief.

Oberkommissar Kalter wurde ohne Wissen des Direktors von Kröger und Carlson beschattet, denn das waren außer Sascha Bülow von der IT die einzigen Kollegen, denen Joachim und Andy vertrauten. Es musste ein Insider sein, der so nahtlos die Drogengeschäfte weiterführte. Und bevor sie als „Nestbeschmutzer" dastanden, mussten sie tätig werden. Durch einen V-Mann aus dem Milieu bekamen sie den Hinweis, dass der Hintermann und Boss der Drogendeals ein gewisser „Colonel" war. Bülow hatte unterdessen heimlich im Haus des Dezernats-Chef Kalter erfolgreich zwei Abhörwanzen installiert. Gerade noch rechtzeitig konnte er von Carlson telefonisch gewarnt werden, dass jemand ins Haus kam. Er floh über den Balkon und begab sich sofort zu seinem geparkten Auto. Kurz darauf konnte er auch schon ein Telefonat mithören, das offenbar von einem Handy geführt wurde. Ein Mann meldete sich tatsächlich mit „Colonel", der Verdacht schien sich zu bestätigen. Man benötigte dringend die Nummer dieses mobilen Telefons, damit man ihm eine Falle stellen konnte. Das war jetzt die Aufgabe von Bülow, der mit seiner Spezialausrüstung und Richtantenne alle ausgehenden Telefonate abfing, analysierte und aufzeichnete. Während er am nächsten Abend ein weiteres Gespräch mithörte und speicherte, das gerade dieser ominöse Colonel aus der gleichen Wohnung führte, rief zeitgleich Oberkommissar Kalter bei Stehler im Revier an und bat ihn, bei einer erneuten Razzia im Hafengelände der Weser anwesend zu sein. Durch die Zeitabgleichung der zwei geführten Telefonate stand zweifelsfrei fest, dass Kalter unmöglich mit Joachim im Amt, wie auch als „Colonel" aus der Wohnung telefoniert haben konnte. Das war unmöglich, denn Sascha hatte nur ein einziges Gespräch mitgeschnitten! Hatte Steffenson mit seinem Traum recht gehabt oder hatte der Leiter der Drogenfahndung zur Täuschung ein Tonband im Haus benutzt, dessen Gespräch Sascha aufgezeichnet hatte? Er hätte dann von außerhalb zur gleichen Zeit Stehler anrufen müssen, um seinen Verdacht von sich abzulenken! Auch das war unmöglich! Denn dann hätte er von den Tätigkeiten der Mordkommission gewusst! Sie schienen mit dem Verdacht des Kollegen Kalter auf der falschen Spur zu sein. Dieser „Colonel" musste ein zweiter Mann aus dem gleichen Haus sein. Bülow schaffte es, den Rechner zu umgehen und sich die Personalakte von Kalter auf den Bildschirm zu holen. Auch in seinem Lebenslauf stand nichts von einem Bruder oder gar Zwilling. Er hatte eine Schwester, das war alles. Bülow gab nicht auf! Da musste etwas zu finden sein, irgendetwas hatten sie übersehen. Er schrieb sich die frühere Adresse von Kalter auf, als er die Polizeischule in Frankfurt an der Oder besucht hatte. Ein kurzer Klick ins Telefonbuch zeigte, dass die Eltern des Kriminalbeamten dort ein Haus hatten. Der IT Spezialist ließ nicht locker. Beim Einwohnermeldeamt bekam er die Auskunft, dass es zwei Familien mit dem Namen Kalter in Brandenburg gab: Heinrich, das war der Vater des Kripobeamten und eine Helene. Weitere Recherchen ergaben, dass diese Helene unverheiratet und im Rentenalter war, aber sie hatte einen unehelichen Sohn, der lange Zeit in der Familie von Heinrich gelebt hatte. Mathias Kalter war vor Jahren tödlich verunglückt. Bülow rief die Unfallakte und den Arztbericht aus dem Spital in Fürstenwalde auf und kopierte alles auf einen USB-Stick. Zusätzlich hatte er auch das letzte Passfoto vom Einwohnermeldeamt bald heruntergeladen. Nun beantragte er die Personalakte des Verdächtigen und kopierte die Rückantwort auf das gleiche Medium. Als die Unterlagen komplett waren, ging er sofort zu Stehler. Die angeforderte Akte war sehr umfangreich. Mathias Kalter war vor mehr als fünf Jahren bei einem Betriebsunfall tödlich verletzt worden. Die Unterlagen der Polizei waren da sehr viel aufschlussreicher, denn dieser nette Verwandte des Hauptkommissars war durchaus kein unbeschriebenes Blatt. Es waren vor seinem Tod mehrere Strafverfahren beantragt worden, aber es hatte nie eine Verhaftung gegeben. Da musste Bülow noch einmal nachhaken, denn das war mehr als ungewöhnlich. An diesem besagten Unglückstag hatte Mathias Kalter, Elektriker bei der Bundesbahn, auf einem Hochspannungsmast schwerste Verbrennungen erlitten und war aus großer Höhe auf die Gleise gestürzt. Die Sterbeurkunde, sowie der genaue Unfallhergang waren beigefügt.

Als man Andreas die Unterlagen zeigte, nahm er die Fotos der Unglücksstelle und schloss die Augen. „Woran hatte man ihn identifiziert? Man konnte ihn ja nicht mehr erkennen! Ich meine woher wusste man, dass es Mathias Kalter war?" Die Männer schauten sich verständnislos an. „Habt ihr schon einmal mit einem Toten zu tun gehabt, der durch eine Starkstromleitung getötet wurde?" Immer noch waren die Beamten ratlos. „Mann, das stinkt zum Himmel! Kein Elektriker, schon gar nicht wenn er älter und erfahren ist, werkelt an einer Starkstromleitung und verlässt sich einfach darauf, dass die Leitung tatsächlich tot ist! Er wird immer mit einem Null-Leiter den Strom kurzschließen! Wir müssen nach Brandenburg! Es wird doch Fotos von der Leiche geben, oder?" Stehler nickte, sah aber keinen Zusammenhang mit dem aktuellen Fall. „Hast du geträumt?" wollte er von Andreas wissen, und Steffenson nickte: „Weißt du doch! Ich hab dir erzählt, dass ich diesen Kalter zweimal gesehen habe. Beide Männer standen nebeneinander und haben mich ausgelacht. Ich will, dass denen das Lachen vergeht! Ich werde mitfahren, wenn du gestattest, denn ich wette dagegen, dass Mathias Kalter bei dem Unfall tatsächlich ums Leben gekommen ist! Wer weiß, wie er das angestellt hat, dass ein anderer an seiner Stelle im Sarg liegt." Kröger blätterte in den Papieren: „Kein Sarg! Das, was von ihm übrig war, wurde eingeäschert!" Steffenson schaute auf: „Merkt ihr das nicht? Das wird ja immer besser! Verbrannt und damit keine Beweise mehr, keine DNA, nichts, was wir in Händen haben! Wenn es so ist, wie ich das vermute, so hat er die Identität eines anderen Arbeiters angenommen, der in seinem Alter war und mit ihm zusammengearbeitet hatte. Seine Polizeiakte sprich jedenfalls Bände und würde auch erklären, warum er verschwinden musste." Steffenson stützt seinen Kopf ab und grübelte: „Aber warum das alles? Da muss mehr dran sein. Wieso wurde er nie trotz der umfangreichen Anschuldigungen vorgeladen? Es muss damals schon so gewesen sein, dass dieser Mathias den „Unfall" geplant hatte, um sich abzusetzen! Ich gehe davon aus, dass er einen Kollegen ermordet und ihm seine Papiere untergeschoben hat. Das ist faul, sage ich euch! Oberfaul!" Stehler wollte ihn bremsen: „Versteigst du dich auch nicht in irgendwelche Ideen?" Steffenson stand auf: „Nein, Joachim! Diesmal bin ich mir sehr sicher! Und wir werden auch herausbekommen, wer ihn gedeckt hatte und verhinderte, dass es nie zu einer Verurteilung gekommen ist!" Er holte tief Luft, denn ein dichtes Gestrüpp von unerklärlichen Ereignissen schien sich endlich vor seinem geistigen Auge zu lüften. „Morgen früh? Sagen wir 8.ooh?" Stehler nickte und nahm den Hörer. Er musste sich für den morgigen Tag frei nehmen, denn diese Aktion war dienstlich nicht gerechtfertigt. „Ihr macht weiter, wie bisher!" sagte er zu seinen Kollegen. „Kein Wort darüber, was wir vermuten, bevor wir nicht eindeutige Beweise vorzeigen können!" Die Kollegen stimmten dem voll zu. „Halte uns auf dem Laufenden!" „Mach ich, mach ich!" Bülow hatte die Unterlagen aus dem Stick ausgedruckt und Stehler übergeben. Der verabschiedete sich sofort. „Ich muss noch packen!" sagte er und ging hinter Steffenson aus dem Büro. „Andy, soll ich dich fahren?" Andreas drehte sich um: „Nicht nötig. Ich bin mit dem Wagen hier. Es bleibt bei 8.ooh?" Stehler bejahte und dann gingen beide zum Parkplatz. Sie fuhren in verschiedene Richtungen nach Hause. In

Dibbersen hatte Maria schon zwei Koffer gepackt. Andreas wollte nicht, dass seine Frau mit dem Kleinen alleine in der Villa war, während er dienstlich für mehrere Tage unterwegs war.

Als die Familie am nächsten Morgen im Wagen saß, ging Andreas noch einmal zurück ins Haus. Er hatte kleine Papierstreifen vorbereitet, die er jeweils in den oberen Ecken der Türen im Rahmen mit dem Schließen so festklemmte, dass sie beim unberechtigten Betreten herunterfallen würden. Als er damit fertig war, schloss er die Haustür ab und kam zurück zum Auto: „Fährst du?" fragte er Maria, denn sie sollte ihn zum Präsidium fahren und danach in einem Hotel in der Innenstadt wohnen, bis Andreas zurück war. „Wo fangen wir an?" Joachim saß an Steuer, während Steffenson auf der Fahrt neben ihm in den Unterlagen blätterte. „Am besten im Krankenhaus von Fürstenwalde, denn da soll er verstorben sein, nachdem man ihn an der Unglücksstelle notdürftig verarztet hatte und noch lebend ins Spital brachte!" Stehler war einverstanden und bat Andy, die Adresse in das Navigationsgerät einzugeben. Danach lehnte er sich im Sitz zurück und schaute auf die Uhr. „Noch gut drei Stunden, Joachim. Kann ich solange schlafen?" Stehler grinste. „Anstrengende Nacht?" fragte er und bekam sofort die passende Antwort: „Pablo hatte wohl Schmerzen und nur geweint. Er wimmerte die ganze Nacht in Marias Armen, er bekommt Zähne!" Dann löste er die Verriegelung seines Sitzes und brachte sich in eine liegende Position. Stehler hob verständnisvoll den Kopf: „Ach so!" meinte er nur und während die Reifen weitere Kilometer fraßen, döste Andreas traumlos dahin. Er wurde tatsächlich erst wieder wach, als der Wagen an einer Tankstelle stand und um ihn herum alles hell erleuchtet war. Joachim kam gerade von der Kasse zurück und stieg wieder ein, als Andreas ein kleines Bedürfnis verspürte. „Kannst du den Wagen da vorne parken? Ich muss mal eben austreten!" Joachim startete das Auto und steuerte es in eine Parklücke. „Bring bitte ein Päckchen Kaugummis mit, hab ich eben vergessen!" Während Andreas hinter der Glastür verschwand, nahm Stehler noch einmal die Mappe mit den Akten vom hinteren Sitz und blätterte darin. Ihm ging die ganze Zeit schon etwas durch den Kopf. Es musste sich um eine wichtige Sache handeln, denn es war ihm, als hätten sie gravierende Sachen übersehen. Aber auch bei gründlicher Durchsicht bemerkte er nichts Ungewöhnliches.

Bülow hing wieder vor seinem Bildschirm und ging die Unfallakte durch. Hier fand er auch den Namen des Arbeiters, der als einziger Zeuge bei den Arbeiten an der Stromleitung anwesend gewesen war und kurz darauf seinen Dienst quittiert hatte. Er war durch diesen Unfall, laut dem Gutachten des Stationsarztes, zum Frührentner geworden. Er schrieb sich den Namen und die Adresse auf: Janik Koslowsky, Grenzgänger. Zuletzt wohnhaft in Kunowice, gut 5 km hinter der polnischen Grenze. Als zweites galt es noch herauszufinden, wieso damals alle Straftaten dieses Mathias Kalter unter den Tisch gekehrt wurden und vor allen Dingen, von wem? Wer hatte die Befugnisse, dazu? Die Einstellungen der Verfahren wurden von einer höheren Dienststelle aus Brandenburg veranlasst. Es ging um bewaffneten Raub, schwere Körperverletzung und Urkundenfälschung. Erst nachdem er sich durch die Akten mehrerer Ämter gearbeitet hatte, erkannte er, dass immer wieder der gleiche, damalige

Amtsleiter des Betrugsdezernates die Aufnahme der Verfahren durch Einstellung verhindert hatte. Es war in allen Fällen ein Kommissar Mario Kalter, der dann wegen „Unregelmäßigkeiten im Amt" nach Bremen zum Drogendezernat versetzt wurde. Das war jetzt acht Jahre her. Diese Erkenntnis drehte alles in ein besonderes Licht und bestätigte, dass sich Stehler und Steffenson auf dem richtigen Weg befanden. Als seine weiteren Recherchen dann auch noch ergaben, dass ein „Janik Koslowsky" in der besagten Stadt nie gemeldet war, gingen endlich auch bei Bülow alle roten Lampen an. Per SMS schickte er die wichtigen Erkenntnisse auf das mobile Telefon von Stehler, der im Augenblick telefonisch nicht zu erreichen war.

Die weiträumige Rasenfläche vor der Villa in Dibbersen, der Garten und das angrenzende Wäldchen wurden von einem Gärtner regelmäßig bearbeitet. Steffenson hatte diesen Mann angerufen und gebeten, für die nächsten drei Wochen jeden zweiten Tag zur Villa zu fahren und die Post aus dem Briefkasten zu nehmen. Als der pflichtbewusste Mann an diesem späten Nachmittag mit seinem Geländewagen den Kiesweg herauffuhr, sah er hinter den oberen Fenstern den flüchtigen Schein einer Taschenlampe. „Steffenson ist schon zurück?" dachte er und hupte, während er den Wagen vor der Steintreppe parkte. Er ging zur Tür und wunderte sich, dass der Hausherr den Briefkasten nicht geleert hatte. „Hallo? Ist da jemand?" rief er und ging ein paar Schritte zurück. Als sich niemand am Fenster zeigte und auch das Klingeln ohne Erfolg blieb, ging der Gärtner hinter das Haus zum Schuppen, um den Wasserschlauch zum Gießen der Blumen abzuwickeln. Steffenson war im Haus wohl noch zu beschäftigt. Er konnte sich ja später noch bei ihm melden, bevor er wieder zurückfahren würde.

Die Nebelschwaden zogen von der nahen Weser den Hügel herauf. Die Sonne war mittlerweile schon längst untergegangen und hatte einer empfindlichen Kälte Platz gemacht. Die Villa lag ruhig und still . . . bis auf die Folge von Signaltönen, die in unregelmäßigen Abständen aus dem kleinen Mobiltelefon kamen. Es lag summend und blinkend im Gras hinter dem Anwesen, bis es nach einer halben Stunde ganz verstummte.

Es war 23.15h, als im Hotelzimmer das Telefon klingelte. Maria drehte sich im Bett verschlafen zur Seite und griff nach dem Hörer, bevor Pablo aufwachte. „Ja, bitte?" flüsterte sie. Maria war es gewohnt, sich nie mit ihrem Namen zu melden. „Frau Steffenson? Entschuldigen Sie die nächtliche Störung, aber da ist ein wichtiger Anruf für Sie, ich stelle durch!" Es klickte in der Leitung und sie fragte noch einmal: „Ja bitte?" Obwohl sie eine Person heftig atmen hörte, meldete sich der Teilnehmer nicht. „Wer ist denn da?" fragte sie und nach einer gefühlter Ewigkeit antwortete endlich eine männliche Stimme: „Wir haben Ihren Mann dafür bestraft, dass er trotz der eindeutigen, ersten Warnung im Eingang seiner Villa immer noch keine Ruhe gegeben hat! Sorgen Sie dafür, dass sich die Kripo aus weiteren Ermittlungen heraushält, sonst kann ich für das Leben Ihres Sohnes nicht mehr garantieren. Zuerst Pablo, danach sind auch Sie dran!" Ein schauderhaftes Lachen beendete das Telefonat und es war nur noch das Freizeichen zu hören. Maria war hellwach. Sie sprang aus dem Bett und suchte ihr mobiles Telefon. Ungeduldig musste sie warten, bis das Display des ausgeschalteten Gerätes nach der PIN fragte. Sie tippte die vierstellige Nummer ein und der kurze Ton signalisierte, dass ein Sendemast in der Nähe gefunden war. Sie wählte zitternd die Nummer ihres Ehemannes und hielt das kleine Gerät am Ohr, als sich Andreas verschlafen meldete: „Maria? Ist was mit dem Kleinen?" Sie konnte nichts sagen, denn ihr Hals war wie zugeschnürt. Natürlich war sie überglücklich, dass dieser Anrufer gelogen hatte, aber wer machte da solch makabre Späße mitten in der Nacht? „Maria was ist?" Andreas merkte, dass irgendetwas mit seiner Frau nicht stimmte. Nachdem sie mehrfach tief Luft geholt hatte, konnte sie ihm unter Tränen schildern, welchen Anruf sie soeben erhalten hatte. Andreas konnte sie nur damit beruhigen, dass Sascha Bülow oder Kröger sich in den nächsten Minuten telefonisch bei ihr melden würde. Den Sinn dieser nächtlichen Störung war selbst den alarmierten Beamten ein Rätsel, doch sie waren in Sorge um Maria und den Kleinen, denn dieser Anrufer wusste ganz genau, wo sie zu erreichen war. Eine viertel Stunde später war Sascha im Hotel. Sie hatten vereinbart, dass zunächst er und am frühen Morgen der Kollege die Bewachung übernahm. Der Portier wurde angewiesen, kein weiteres Telefonat mehr durchzustellen und zu behaupten, dass der Hotelgast bereits abgereist wäre. Andy konnte sie ja jederzeit auf ihrem Handy erreichen. Die Hotelzentrale konnte die Telefonnummer des nächtlichen Anrufers nicht nennen, da die Nummer unterdrückt war. Steffenson war beunruhigt, denn die Untersuchungen, die er mit Stehler in Frankfurt/Oder machte, dauerten noch ein paar Tage. Die Krankenakte aus Fürstenwalde war sehr aufschlussreich und als sie das Wohnhaus der Familie Kalter gesehen hatten, glaubten sie ihren Augen nicht. Das war kein Haus, das war ein Palast! Heinrich Kalter war ein einfacher Arbeiter in einer Gießerei gewesen. Er konnte unmöglich zu solch einem Anwesen gekommen sein. Die Witwe seines Bruders lebte nun mit in dieser riesigen Villa. Die Nachbarn erzählten, dass sein Sohn vor Jahren dieses Land gekauft hatte. „Ich wette, dass Kalter hier sein illegal erworbenes Geld angelegt hat!" Stehler musste lächeln: „Ich wette nicht dagegen!" Die beiden Männer waren sich einig, dass es sehr schwer werden würde, den eigenen Kollegen zu überführen.

Nachdem sie bei mehreren Gläsern Pils mit ehemaligen Beamten der Dienststelle in Frankfurt/Oder gesprochen hatten, erfuhren sie im Vertrauen weitere, wichtige Details über den „weggelobten" Kollegen, den sie jetzt dadurch immer besser kennenlernten. Es zeigte sich, dass er beileibe nicht der Vorzeigebeamte war, als der er sich gerne in Bremen präsentierte. Die neuen Erkenntnisse und Schriftstücke führten dazu, dass aus dem ersten, vagen Verdacht langsam ein viel besseres Bild entstanden war. Diese Neuigkeiten mussten so schnell als möglich mit den Kollegen in Bremen besprochen und in aller Sorgfalt durchgearbeitet werden. Sie fuhren die Nacht durch und es war so gegen o2.oo h, als Stehler den Dienstwagen wieder zur Villa in Dibbersen gesteuert hatte. Andreas saß verschlafen auf dem Beifahrersitz, als der Beamte seine Tür öffnete und ihn leise fragte: „Hast du das Haus vermietet?" Steffenson stieg aus: „Blödsinn! Wie kommst du denn darauf?" Joachim zeigte mit dem Daumen über seine Schulter auf den Geländewagen, der seitlich neben der Treppe stand. Steffenson schaute auf die Armbanduhr. „Das ist mein Gärtner! Was macht der denn um diese Zeit noch hier? Der hat doch keinen Schlüssel zum Haus. Pflanzen und graben kann er im Stockdunklen sowieso nicht!" Stehler drückte Andreas auf den Sitz zurück. Er nahm die Taschenlampe und seine Dienstwaffe: „Du wartest hier!" Der helle Kranz der Stableuchte tanzte über den Kiesweg und bald war Stehler hinter dem Haus verschwunden. Nach ein paar Minuten kam er zurück: „Wir werden eine unruhige Nacht haben! Ich muss die Spurensicherung anrufen! Da liegt ein Mann hinter dem Haus, vermutlich ist das dein Gärtner! Kein Puls, kein Herzschlag . . . der Mann ist schon länger tot. Wirst du später, wenn die Untersuchungen abgeschlossen sind und du dir sicher bist, dass er es ist, seine Frau anrufen oder kannst du ihn identifizieren?" Andreas atmete tief aus: „Der nette Kerl lebte alleine! Er hat, soweit mir bekannt ist, niemanden mehr!" Während Stehler seine Kollegen anrief, ging Steffenson zum Haus und schaltete die Außenbeleuchtung an. Danach gingen beide hinter die Villa. Neben dem Nutzgarten war eine kleine Wiese. Hier lag der Tote auf dem Bauch im Gras. Daneben der abgewickelte Wasserschlauch und ein mobiles Telefon, das jetzt überraschend klingelte. Stehler bückte sich und nahm es mit seinem Taschentuch auf. Mit einem Kuli drückte er die entsprechende Taste und nahm so das Gespräch an: „Hallo?" Eine Frau antwortete: „Arno! Endlich! Ich hab die ganze Nacht versucht, dich zu erreichen! Wo warst du?" Joachim holte tief Luft, bevor er etwas sagte: „Stehler, mein Name! Mit wem spreche ich?" Die Teilnehmerin war irritiert und legte sofort auf. Joachim schüttelte den Kopf, bückte sich und platzierte das mobile Gerät wieder vorsichtig ins Gras zurück. Dann faltete er sein Taschentuch wieder zusammen. Die Nummer war registriert und man würde später klären müssen, wer die Frau gewesen war. „Was nun?" Andreas schaute Stehler betroffen an. „Wir müssen warten. So kannst du sein Gesicht nicht sehen und anfassen werde ich ihn noch nicht, bevor die Spurensicherung hier alles untersucht hat". Was ihnen auffiel war, dass der halbe Hinterkopf des Liegenden ein blutiger Klumpen war. Eine dunkelrote, fast schwarze, mit hellen Flocken durchsetzte Masse war ausgetreten und verkrustet. In der linken Schläfe war ein rundes, circa 1 cm großes Loch aus dem ein kleines Rinnsal Blut geflossen war, das ebenfalls hart verkrustet war. Diese mutmaßliche Einschussstelle war von einem dunklen, staubigen Kranz umgeben. Der Mann war offensichtlich mit einer großkalibrigen Waffe aus nächster Nähe erschossen worden. Anscheinend hatte man den Ärmsten mit dem Hausherrn verwechselt, bevor er hatte etwas sagen können. Wie sonst hätte man sich das nächtliche Telefonat mit Maria erklären sollen.

„Kein Zweifel! Das hat dir gegolten!" Joachim legte seine Hand tröstend auf die Schulter seines Freundes. Eine halbe Stunde später war der Garten hinter der Villa von aufgestellten Strahlern hell erleuchtet. Beamte in weißen Overalls und Mundschutz waren damit beschäftigt, hier draußen Spuren zu sichern. Während der Tote in die Gerichtsmedizin gebracht wurde, wurden die Männer im Inneren des Gebäudes fündig. Zweifellos waren fast alle Räume durchsucht worden. Es müssen Profis gewesen sein, denn oberflächlich gesehen wäre es einem Laien nicht aufgefallen. Die Spurensicherung hat da aber ihre Tricks und konnte sogar mehrere Fingerabdrücke und Fußspuren sichern, die später ausgewertet, tatsächlich nicht von den Hausbewohnern oder deren Besucher stammten. An allen Türen waren die von Andreas sorgfältig eingeklemmten Papierschnipsel heruntergefallen. Den Trick würde er sich merken, wenn er sicher sein wollte, ob die Räumlichkeiten in seiner Abwesenheit betreten wurden.

„Ein unbescholtener Mitbürger aus dieser Stadt wurde Opfer eines brutalen Überfalls im Garten seiner Villa. Der Mitvierziger hinterlässt seine Frau und einen kleinen Sohn. Die Kriminalpolizei bittet um Mithilfe bei der Aufklärung dieses Verbrechens. Wer kann Angaben machen, die zur Ergreifung der Täter führt? Die Tat geschah in der vergangenen Nacht in Dibbersen. Sachdienliche Hinweise bitte an jede Polizeistation!"

Dieser Artikel erschien zeitgleich in allen Tageszeitungen von Bremen und Umgebung. Steffenson blieb nicht mit Maria und dem Kleinen in dem Hotel wohnen, denn der nächtliche Anrufer wusste, wo sie untergetaucht waren. Die Mordkommission hatte für ähnliche Fälle für einen bestimmten Zeitraum die Möglichkeit, eine anonyme Wohnung in Bremen zur Verfügung zu stellen, die sehr gut und einfach zu überwachen war. Außerdem bekam Steffenson ein abhörsicheres Telefon, ließ sich die Haare kurz schneiden und färbte sie hellblond. Eine leicht getönte Brille mit Fensterglas machte aus Andreas einen anderen Mann, der unbekümmert über die Straße gehen konnte, ohne erkannt zu werden. Man musste die Täter überführen, denn lange konnte Andreas nicht im Untergrund bleiben. Ausgerechnet Kalter, Chef der Drogenfahndung kam am gleichen Tag mit dem Artikel zu den Kollegen ins Amt. Er heuchelte Mitgefühl, nur um nähere Informationen zu erhalten. Stehler spielte das Theater mit und ließ den verdächtigen Hauptkommissar wissen, dass man eine heiße Spur verfolgen würde. Nähere Angaben formulierte er schwammig, um Kalter aus der Reserve zu locken, denn Bülow hatte sich in das private Handy des „Kollegen" eingeklinkt und tatsächlich gingen die seine illegalen Geschäfte weiter, denn er wusste nichts von der geheimen Observationen. In den abgefangenen Gesprächen nannten sich zwei Männer gegenseitig „Colonel 1 und Colonel 2". Die Handys wurden geortet und beim Tauchversuch des angeblichen „Janik Koslowsky" wurde er so schnell verhaftet, dass er nicht mehr in der Lage war, seinen Onkel zu warnen. Bülow nahm dessen Handy und nahm Kontakt mit „Colonel 1" auf. Er wollte ihn in eine Falle locken und für seine spektakuläre Verhaftung sorgen. Unter einem Vorwand suchte Stehler den Hauptkommissar auf, und schickte Sascha eine kurze SMS, als er im Büro des Drogendezernates dem Chef gegenübersaß. Prompt klingelte das Handy und mit einer faden Entschuldigung ging er in einen Nebenraum, während seine Sekretärin zu ihm geschickt wurde, um ihn abzulenken. „Kaffee?" fragte sie ihn und Stehler nickte freundlich, denn der erste Teil war getan. Das geheime, mobile Telefon des verdächtigen Kollegen hatte geklingelt. Kalter war also dieser Colonel! Man musste das jetzt nur noch beweisen. „Hast du die Ware?" war die sofortige Frage, als Bülow die geheime Telefonnummer des Drogenchefs gewählt hatte. Er meldete sich mit einem knappen: „Ja!" Danach war die Leitung für einen Augenblick tot und Sascha hatte schon Bedenken, dass Kalter ihn erkannt hatte.

„Bist du erkältet? Du klingst so komisch!" Bülow nahm ein Taschentuch und wickelte es um das mobile Telefon. Leise erklärte er: „Die Verständigung ist schlecht! Ich habe kaum Empfang!" Damit schien Kalter zufrieden und nannte kurz, wo die „Ware" zu übergeben war. Danach legte er sofort auf. „Entschuldigung! Termine, Termine!" Kalter kam in sein Büro zurück und Stehler schlürfte zufrieden an seinem heißen Getränk. Er verwickelte den Hauptkommissar in ein belangloses Gespräch, das er sich vorher sorgfältig vorbereitet und überlegt hatte. Nach einer viertel Stunde verabschiedete er sich, denn sein Handy hatte kurz vibriert. Man hatte ihm eine lautlose Nachricht geschickt. Die Aktion konnte beginnen.

Unterdessen plauderte sein Neffe, Mathias Kalter wie ein Wasserfall, um seine Haut zu retten. Er war überrascht, dass die Beamten der Mordkommission so genau über alle Tätigkeiten informiert waren. Er kam auf Anweisung des Staatsanwaltes in Untersuchungshaft, während in der Mordkommission die letzten Erkenntnisse besprochen wurden, um den finalen Schlag gegen den Leiter der Drogenfahndung anzugehen. Man agierte sehr vorsichtig, weil man sich nicht ganz sicher sein konnte, ob nicht noch weitere Beamte der Abteilung in diese illegalen Geschäfte verwickelt waren oder er von der Festnahme seines Neffen wissen konnte. „Er hatte schon früher immer seine schützende Hand über den Sohn von Vaters Schwester gehalten. Dessen bevorstehenden Anklagen ließ er regelmäßig schnell verschwinden und irgendwann einmal wurde er dabei erwischt und strafversetzt. Als er das Geschäft seines Lebens witterte, holte er seinen untergetauchten Neffen auch nach Bremen! Für seine Drecksarbeit, versteht ihr? Mathias und Mario waren eine

Einheit! Zusammen agierten sie als „der Colonel"! Das war keine einzelne Person! Das waren beide! Mario koordiniert die Arbeiten, während Mathias im Hintergrund seine Pläne ausführt. Aus den Unterlagen des angeblich Verunglückten geht auch hervor, dass er eine Ausbildung zum Kampftaucher bei der Marine absolviert hatte. Es war sehr schwer, an diese Info zu kommen. Das muss schließlich für Kalter, den Leiter der Drogenfahndung der Hauptgrund gewesen sein, seinen Verwandten zu aktivieren, als man bei einer routinemäßigen Wartung im Dock von Bremerhaven die umfunktionierten, magnetischen Woks gefunden hatte. Kalter tat das ab und recherchierte privat weiter, um diese einträgliche Quelle für sich zu nutzen. Er fand in seiner Abteilung Unterstützung und überlegte, wie man einen anderen Hafen mit den geheimen Transporten wählen könnte. Bis der neue Transportweg in ein anderes Land zur Verfügung stand, machte er schamlos mit der angeblichen Verfolgung weiter, denn er war sich dank seines Amtes viel zu sicher. Die angesetzte Razzia war natürlich dem Leiter des Drogenamtes bekannt gewesen. Er konnte so verhindern, dass man auch nur im Ansatz an die äußere Bordwand denken könnte. Bis ein Seemann bei Dockarbeiten die seltsamen, runden Platten an der Bordwand gesehen und daraufhin die Kriminalpolizei in Bremen angerufen hatte. Die Kollegen seiner Abteilung nahmen damals wohl an, dass ihr Chef versuchen würde, an die Hintermänner zu kommen, Dabei konnten sie nicht ahnen, dass ihr Chef die letzten Monate alle Fäden in der Hand hielt. – Bis es zu spät war und er von den Kollegen der Mordkommission überführt wurde. Die Verhaftung des Leiters vom Drogendezernat schlug politisch hohe

Wellen. Man machte sich Vorwürfe, die Personalakte bei der Versetzung nach Bremen nicht besser geprüft zu haben. Bei den anschließenden Untersuchungen kam man auch auf die vielen Überweisungen auf das immer gleiche Konto in der Karibik, das aber zu diesem Zeitpunkt schon seit geraumer Zeit aufgelöst war. Das Kreditinstitut berief sich auf international geltendes Bankgeheimnis und die Steuerfreiheit des Inselstaates, als man nähere Auskünfte anfordern wollte. Die Gelder waren in Deutschland immer in Beträgen bis € 10.000,- eingezahlt worden, und so nicht als Geldwäsche oder illegale Devisenströme erkannt und dokumentiert worden. Es gab kein Auslieferungsabkommen mit den Regierungen der „alten" Welt im fernen Europa. Ken Carpenter wurde nicht gefasst, denn er hatte sehr schnell reagiert, als kein Auftrag mehr aus Deutschland erfolgt war. In der Karibik wunderte es auch niemanden, dass er seine Werkstatt aufgab und nun in einem feudalen Bungalow direkt am Meer wohnte. Er hat jetzt eine luxuriöse Jacht und fährt immer noch gerne hinaus aufs Meer, natürlich nur zum Fischen!

Die weisse Traumkatze

Schatten der Vergangenheit . . . .

„Dich bedrückt doch was! Spuck es schon aus!" Maria
schaute ihren Mann beim Frühstück von der Seite an und
Pablo, ihr gemeinsamer Sohn nahm diese Aufforderung
seiner Mutter wörtlich und leerte seinen Mund zurück auf
den Teller. „Madre? Porque? Warum?" Andreas wandte
sich schnell ab, denn er musste unwillkürlich darüber
schmunzeln. Fürs erste war das Thema damit vom Tisch,
aber Maria ließ ihm keine Ruhe. Als Pablo schon seit
zwei Stunden in seinem Kinderzimmer eingeschlafen
war, saßen sie am Abend im Wohnzimmer. Andy blätterte
in der Zeitung und Maria hatte ihr Buch beiseitegelegt.
Jetzt, nach Stunden, wiederholte sie ihre Frage: „Du hast
dich immer noch nicht dazu geäußert! Ich höre . . . . . ."
Andy wusste natürlich sofort, was seine dunkelhäutige
Frau damit meinte und stellte eine Gegenfrage: „Hab ich
im Schlaf wieder gesprochen?" Er faltete die Zeitung
zusammen und schaute zu ihr herüber. Sie nickte
bestätigend: „La gata blanca, verdad? Die weiße Katze
hat dich besucht, hab ich Recht?" Andy wollte sie nicht
beunruhigen und schaute vor sich auf den Boden. Aus
dem CD-Player klangen vertraute, karibische Lieder und
einen Augenblick dachte er an die Zeit zurück, als er
glücklich und entspannt mit der mexikanischen Frau auf
den Caymann's gelebt hatte. Woher wusste sie das schon
wieder? Hatte er sich im Schlaf verraten? „Ich weiß
nicht, was ich davon halten soll . . . . ." flüsterte er und
ergänzte sofort: „Auf Joachim ist geschossen worden!"
Maria sprang auf und setzte sich neben ihn: „Ist er
verletzt?" Andreas nahm sie in den Arm: „Das ist es ja!

Ich habe ihn unter einem Vorwand im Revier angerufen. Es geht ihm gut!" Andreas nahm seinen Arm zurück und legte seinen Kopf seitlich auf das Sofa. „Ich hab das geträumt! Aber so realistisch, wie schon lange nicht mehr. Deshalb habe ich dem Hauptkommissar auch sofort von meiner Vorahnung erzählt. Er ist ganz still geworden und hat mir versprochen, in den nächsten Tagen vorsichtig zu sein!" Maria wollte ihn aufmuntern: „Na, dann ist doch alles gut! Du hast deine Bedenken geäußert und dennoch ein anderes Problem, stimmt's?" Andreas räusperte sich: „Du kennst mich wirklich gut! Also, ich hab dir doch erzählt, dass der Polizeichef im Ruhestand ist," Maria hörte aufmerksam zu und nahm einen Schluck heißen Kakao, dabei schaute sie ihn erwartungsvoll an, denn Andy schien wieder viel zu weit auszuholen und kam einfach nicht auf den Punkt. Als ihr die Denkpause zu lange wurde, unterbrach sie seine Gedanken. „Bitte schön. Was hat der Neue denn mit deiner schlechten Laune zu tun?" Jetzt schaute er auf: „Er hat darüber gelacht! Weißt du, was er zu Joachim gesagt hat? Er hätte schon von diesem Blödsinn gehört. Von einem völlig fremden Laien, der sich mit solchem Hokuspokus wichtig tun wollte. Ihn ernsthaft in die Ermittlungen einzuspannen, wäre der größte Fehler gewesen, den sein Vorgänger gemacht hätte." Maria tröstete ihn: „Er ist neu! Nuevo escoba! (Neuer Besen) Andy, tu comprendo?" Immer, wenn sie nervös wurde, rutschten ihr ungewollt die spanischen Wörter ihrer Muttersprache über die Lippen ohne, dass sie sich dessen bewusst war. „Ich weiß, dass du Recht hast, aber er hat mir strikt untersagt, noch einmal im Revier aufzutauchen. Hast du dafür auch Verständnis? Ich würde seine Leute verunsichern, mit meinen Hirngespinsten, behauptet er." Maria sagte nichts. Sie waren doch nicht verpflichtet oder darauf angewiesen, die Kriminalbeamten zu unterstützen, zumal Andreas das alles ehrenamtlich gemacht hatte. Bis auf den Finderlohn von erpresstem Geld, den er in einem Fall offiziell erhalten hatte. Auch dieser „Akt", so hatte sich der neue Vorgesetzte seines Freundes ausgedrückt, wäre nicht zustande gekommen, wenn er im Amt gewesen wäre. Andreas reagierte trotzig. Wenn man seine Hilfe in den Wind schlug, so waren die entstehenden Konsequenzen ganz alleine vom neuen Polizeichef zu verantworten. Es war nicht mehr seine Entscheidung. Das hatte er beim letzten Telefonat Dr. Horner noch gesagt. Andy war einfach sauer, weil er ihm vorwarf, seine Beamten zu irritieren. Dabei war der theoretische Denker, dieser Bürohengst ohne Berufserfahrung, wie Steffenson meinte, entschieden zu weit gegangen, weil es einfach nicht zutraf. Andreas sprach mit den Kollegen bald nicht mehr von Dr. Horner, sondern er nannte ihn nur „dieser Hornochsen". Maria merkte seine Wut und Verzweiflung. Sie stand auf, holte die Flasche Malt und zwei Gläser aus dem Schrank und stellte sie auf den Wohnzimmertisch. „Du weißt es, ich weiß es! Und deine Freunde im Revier wissen es mit Sicherheit auch. Lass sie alleine werkeln! Wenn dein Traum zutrifft, muss sich der Neue bei dir entschuldigen!" Andy nahm die Flasche und füllte die Gläser. „Du hast, wie so oft Recht. Aber dass sich dieser Hornochse bei mir entschuldigt, glaubst du wirklich daran? Ich nicht! Ich glaube das erst, wenn er persönlich hier anruft!" Er prostete seiner Frau zu und nippte an dem Lebenswasser. Die wohltuende Wärme breitete sich im Magen aus. „Wir werden abwarten, zwangsläufig!"

In der Nacht wiederholte sich der Traum. Nur diesmal sah er, wie sich die Waffe danach auch gegen ihn richtete. Der Schütze in dem abgedunkelten Wagen schien kein Gesicht zu haben. Nur kleine Lichtreflexe deuteten auf eine Brille hin. War auch er in Gefahr? Ein Racheakt, womöglich? Dann könnte es mit einem früheren Fall zu tun haben! Er musste klären, ob es Verbrecher gab, die durch seine Hilfe überführt und verurteilt wurden und ihre Strafe abgesessen hatten. Damit lag Steffenson knapp daneben, aber das sollte er erst später erfahren.

In der folgenden Nacht wurde der Traum so realistisch, dass Andreas nassgeschwitzt und um sich schlagend aus dem Bett gefallen war. Maria stand zitternd neben ihm und versuchte, die Notrufzentrale des Krankenhauses in Bremen zu erreichen. Andy setzte sich. „Leg auf, bitte!" stöhnte er und hob bittend einen Arm in ihre Richtung. Maria legte den Hörer auf und ging zur Tür. „Hörst du das? Der Kleine ist wachgeworden und schreit! Ich mache das nicht mehr länger mit! Entweder diese blöde Katze verschwindet endlich aus deinen Träumen oder ich schlaf nebenan!" Sie lief weinend ins Kinderzimmer und nahm Pablo auf den Arm. Andy wusste, dass es so nicht weitergehen konnte. Er stand auf, schwankte benommen ins Bad, zog den Schlafanzug aus und stellte sich unter die Dusche. Danach trocknete er sich ab, wickelte das Badetuch um seine Lenden und ging ins Kinderzimmer, wo Maria auf dem Bettchen saß und den Kleinen, immer noch schluchzend auf dem Arm hatte. Als Andreas das Zimmer betrat, streckte er seine Ärmchen nach ihm aus. „Papa? Miedo? (Angst?)" Der Kleine wurde zweisprachig erzogen und so antwortete Steffenson wahrheitsgemäß: „Si hijo! Tengo miedo!" (Ja, mein

Sohn. Ich habe Angst!) Es war kurz vor Dienstschluss, als Stehler einen Notruf annahm. Ein Anwohner hatte außerhalb von Osterholz-Scharmbeck Schüsse gehört und einen Mann gefunden, der verletzt auf der Straße lag. Kollege Carlson war noch im Büro und begleitete den Amtsleiter zum Tatort. Als sie endlich im Außenbezirk angekommen waren, gab es hier weder diese angegebene Adresse, noch wartete der Anrufer, der sie benachrichtigt hatte. Joachim reagierte schnell und fuhr die einsame Straße zügig weiter, als es einen lauten Schlag tat. Das Lenkrad wurde ihm aus der Hand gerissen und nur mit Mühe konnte er verhindern, dass der Wagen in den Graben rutschte. „Deckung!" rief er noch, als es drei Mal kurz und dumpf, aber sehr deutlich „Plopp" machte. Die Scheiben zerbarsten und die Splitter flogen ins Wageninnere. „Bleib liegen! Nicht bewegen!" mahnte er seinen Kollegen, der schräg vornüber in den Haltegurten hing, halb verdeckt von dem ausgelösten Airbag, der jetzt wie eine schlaffe Hülle über seinem Kopf hing. Eine bedrohliche Stille folgte, aber sie bewegten sich beide nicht von der Stelle. Da der Schütze so gut zielen konnte und dem Wagen in voller Fahrt die Reifen zerschossen hatte, wären sie ein besonders gutes Ziel, wenn sie den Helden spielen und herausstürmen würden. Plötzlich wurde die Beifahrertür aufgerissen und zwei Männer schauten in das Wageninnere. Als sie die bewegungslosen Männer näher in Augenschein nehmen wollte, schienen sie den Wagen von Andy bemerkt zu haben, denn sie schlugen die Tür wieder zu, liefen zu einem geparkten Auto und fuhren ein paar Meter, wo ein weiterer Mann mit einem länglichen Koffer zu ihnen einstieg. Jetzt entfernte sich der dunkle Wagen mit hohem Tempo.

„Sie sind weg!" Joachim wollte seine Tür öffnen, spürte aber sofort einen stechenden Schmerz in der Brust. „Oh, Sven! Ich fürchte, ich hab was abbekommen, wie sieht es bei dir aus?" Stehler bekam keine Antwort des Kollegen, der unverändert schräg in den Gurten hing. Er lehnte sich zurück und betrachtete seine Hände. Erst jetzt realisierte er, dass sein rechtes Handgelenk seltsam abgeknickt war, obwohl er keinerlei Schmerzen empfand. Er konnte sich auch nicht zur Seite drehen, denn die Stiche in seiner Brust raubten ihm die Luft zum Atmen. Genau in diesem Augenblick trat Steffenson an die Fahrerseite und öffnete die Tür. „Seid ihr O.K.?" Joachim nickte verwundert und sehr erleichtert, denn seinen Freund hätte er zu diesem Zeitpunkt hier nicht erwartet. Andreas beugte sich behutsam ins Fahrzeug, um den Kriminalbeamten von seinen Gurten zu befreien. Dabei rutschte der ausgelöste, schlaffe Luftsack vom Armaturenbrett und gab den Oberkörper des Beifahrers frei. Aus nächster Nähe sah Steffenson direkt in das blutverkrustete Gesicht von Sven Carlson, der mit starrem Blick ins Leere schaute. Für ihn kam jede Hilfe zu spät. Schnell warf Steffenson die weiße Hülle wieder über dessen Antlitz, löste den Sicherheitsgurt des Fahrers und kniete sich, um die Beine seines Freundes zu fassen. Vorsichtig hob er zuerst den linken, dann den rechten Fuß zu sich. Stehler saß nun schräg im Sitz, beide Beine außerhalb des Wagens. „Kannst du aufstehen?" fragte er ihn und Joachim versuchte, sich zu erheben. Der stechende Schmerz ließ ein wenig nach, als er den Kopf hob. Andy packte seine Schultern und zog ihn langsam in eine stehende Position. „Kümmere dich um Carlson", meinte der Beamte: „der ist noch bewusstlos. Er hat immer noch nichts gesagt!"

Andy schluckte. Sollte er ihm die bittere Wahrheit jetzt sagen? Wohl besser nicht, denn auch Stehler war schwer verletzt und stand offensichtlich unter Schock. Er musste so schnell wie möglich ärztlich versorgt werden. Andreas hatte den Traum, der ihm in der letzten Nacht so entsetzlich zugesetzt hatte, zum Anlass genommen, Joachim vor einem drohenden Anschlag zu warnen. Als er im Revier angerufen hatte, erfuhr er vom Außeneinsatz am Rande des Teufelsmoors. Er ließ sich die genaue Adresse von Sascha Bülow geben, der das Gespräch angenommen und sich damit über die Dienstanweisung des neuen Polizeichefs hinweggesetzt hatte. Andy war fast zeitgleich mit den beiden Kripobeamten in dieser angegebenen Straße nördlich von Osterholz-Scharmbeck. Er erinnerte sich hier oben zwangsläufig sofort an den ersten Fall, bei dem sein Freund hier im Teufelsmoor mit seiner Freundin brutal ermordet worden war.

Als er den Wagen geparkt hatte, bog Joachim gerade mit dem Dienstwagen um die Ecke. Andy wollte ihnen entgegenlaufen, als auch schon die Schüsse fielen. Schnell rannte er zurück zum Auto und duckte sich, da er nicht wusste, wo der Schütze war. Als Stehler mit zersplitterten Scheiben am Straßenrand zum Stehen gekommen war, sah er zwei Männer dort hinlaufen. Sie rissen die Seitentür auf, schauten kurz hinein und gingen dann seelenruhig zu einem Wagen, der hier ohne Nummernschilder parkte. Es schien, als habe man eine Decke stramm über den Kofferraum gebunden, denn Andy konnte weder die Form, noch den Wagentyp richtig erkennen. Mit quietschenden Reifen entfernte sich das Fahrzeug und Andreas hatte endlich die Gelegenheit, seinen Freunden zu helfen. Für Carlson gab es keine Rettung mehr, aber Joachim wurde vorsichtig von ihm zu seinem Wagen gebracht. Er konnte sich damit strafbar machen, denn er durfte natürlich keinen Verletzten in seinem privaten Auto von hier fortbringen. Unter diesen Umständen nahm er die Verantwortung auf sich, denn die unbekannten Gegner hätte mit einem falschen Krankenwagen auch den Hauptkommissar abholen können. Er unterdrückte seine Rufnummer und alarmierte die örtliche Polizei wegen des Unfalls, ohne seinen Namen zu nennen. Nun fuhr er den verletzten Freund zurück nach Bremen, um ihn im St. Joseph-Stift in unmittelbarer Nähe zum Bürgerpark von Spezialisten untersuchen zu lassen. Zu seinem Leidwesen hatte Joachim dann doch noch am Verteilerkreuz Utbremen, unverständlich lallend, das Bewusstsein verloren. Andreas fuhr unterhalb des Bürgerparks die Eikedorfer Straße bis zum Kreisverkehr „Am Stern", dann raste er die Wachmannstrasse herauf, bog an der Schubertstrasse rechts ab und schon stand er vor dem Krankenhaus. Da hier absolutes Halteverbot war, hupte er solange, bis man auf ihn aufmerksam wurde. Zehn Minuten später war sein Freund mit einer Bahre abgeholt worden und lag zur Untersuchung in der Notaufnahme. Er fuhr die kleinen Seitenstraßen ab, wo er nach endloser Suche endlich einen Parkplatz fand. Anschließend ging er zurück zum Krankenhaus und fragte an der Rezeption nach dem Kripobeamten, der als Unfallopfer eingeliefert worden war. Joachim musste wohl kurz bei Bewusstsein gewesen sein, denn man wusste schon von seiner mutigen Rettung und so wurde er sofort eingelassen. Steffenson wartete auf dem Gang, da der Beamte schon im OP war und notoperiert wurde. Eine freundliche Krankenschwester brachte ihm einen Kaffee, den er dankend annahm. Nach einer Stunde forderte man ihn auf, am nächsten Tag wiederzukommen, was er sofort strikt ablehnte. Da es an diesem Freitag mittlerweile schon Abend war, rief er zuerst Maria an, damit sie sich keine Sorgen machte und avisierte den Kriminalbeamten Bülow, den er danach auf dessen privatem Handy anrief und ihn dringend bat, für das Wochenende in seine Villa in Dibbersen zu kommen. Er sollte dort auf ihn warten und erklärte ihm schnell, dass sein Chef in einen Hinterhalt geraten und Carlson dabei getötet worden war. Da er begründete Angst um seine Familie hatte, erfüllte Sascha seinen Wunsch sofort, ohne den Polizeichef davon zu informieren. Der konnte offiziell noch nichts von den neusten Ereignissen wissen und schließlich war ja Wochenende und Sascha hatte keine Bereitschaft. Dr. Horner würde noch früh genug von der örtlichen Polizei von dem „Verkehrsunfall" erfahren. Die befreundeten Beamten wussten natürlich, dass Andreas offiziell nicht mehr zum Team gehörte, aber sie ignorierten diese Anweisung. Zu tief saß das maßlose Vertrauen zu diesem „Privatmann", der mit ihnen zusammen hervorragend an den letzten Fällen gearbeitet hatte. Auch jetzt mussten sie zuerst analysieren, was da vorgefallen war und wer dahinter stecken könnte. Steffenson blieb ihr Partner, denn er hatte wieder einmal bewiesen, dass ihn seine Vorahnung zur richtigen Zeit an den richtigen Ort geführt hatte. Leider hatte er dabei jedoch den kaltblütigen Anschlag auf die ahnungslosen Freunde trotzdem nicht verhindern können, die den Leiter in die Intensivstation beförderte und sogar einem von ihnen das Leben gekostet hatte.

Andreas wurde von einem Arzt vorsichtig angesprochen und merkte erst jetzt, dass er quer auf den Stühlen im Flur des Krankenhauses lag und fest eingeschlafen war. „Herr Steffenson?" Andy richtete sich auf, schaute auf seine Armbanduhr und danach den Mediziner verschlafen an. Sein Rücken schmerzte, denn er hatte unbequem und leicht verdreht auf den Holzstühlen die restliche Nacht verbracht. Es war früher Morgen. Jetzt stand er auf und schüttelte seinen linken Arm, der immer noch kribbelte. „Ist er wach? Kann ich ihn sprechen?" Der Mediziner bejahte: „Natürlich, er hat nach Ihnen verlangt, aber warum hat er um Schutz gebeten? Es sei hier nicht sicher, hat er gesagt. Verstehen Sie, was er damit gemeint hat?" Andy nickte: „Ja, versteh ich nur zu gut! Man hat die vergangene Nacht versucht, ihn zu ermorden! Sollte man sich nach ihm erkundigen, so wäre es sehr sinnvoll, wenn Sie erklären würden, dass er diesen Unfall nicht überlebte. Ich werde seinen Vorgesetzten bitten, eine entsprechende Presseerklärung abzugeben, solange die Täter nicht gefasst sind!" Andreas stand auf und wurde von dem behandelnden Arzt zur Intensivstation begleitet, um sich vom Zustand seines Freundes ein hoffentlich positives Bild machen zu können. Als Andreas mit grünem Kittel, Plastikhüllen über den Schuhen und Mundschutz ins Zimmer trat, war er erschrocken. Am Kopfende standen diverse Geräte in einem Stativ, die eine Krankenschwester überwachte. Mehrere Monitore zeigten pulsierende Kurven, von piepsenden Tönen begleitet. Mehrere Schläuche waren an Joachims beiden Armbeugen und in der Nase verklebt. „Fünf Minuten, höchstens! Er hat starke Schmerzmittel bekommen, ist kaum ansprechbar und wird gleich wieder einschlafen."

Andreas beugte sich über ihn und sprach ihn an. „Kumpel, was machst du bloß für Sachen!" Joachim schien zu antworten, denn er bewegte seine Lippen. Außer einem krächzenden Flüstern konnte Andy aber nichts verstehen. Das monotone Morsen und das Piepsen der Geräte störten ihn. Er beugte sich zu ihm herunter und legte sein Ohr direkt vor das Gesicht des Verletzten. Jetzt hörte er die flüsternden Worte seines Freundes: „Danke", sagte er und ergänzte: „du hattest Recht. Er ist ein Hornochse! Pass auf mich auf, solange ich mich nicht wehren kann, bitte . . . " Sein Kopf fiel zur Seite und Andy schaute hilfesuchend die Schwester an, die ihn daraufhin beruhigend zur Seite nahm: „Er braucht jetzt unbedingt seine Ruhe. Wir kümmern uns um ihn!" Steffenson nickte: „Lassen Sie niemanden zu ihm, versprechen Sie das!" Sie bejahte und brachte ihn zur Tür. Nach einem kurzen Gespräch mit dem Stationsarzt ging er zu seinem Wagen. Er stieg ein und fuhr zurück nach Dibbersen. Unterwegs besorgte er frische Brötchen und war gegen 7.3o h vor seiner Villa. Er parkte sofort in der Garage, drückte den Knopf der Fernbedienung und leise senkte sich das Tor wieder und verriegelte sich selbstständig. Er ging über den Kiesweg zum Hintereingang, wo Bülows Wagen geparkt war, damit er von der Straße nicht gesehen werden konnte. Feuchte Nebelschwaden zogen von der Weser den Hang hoch, als er leise das Haus betrat. Alle schienen noch zu schlafen. Er ging vorsichtig in die Küche und schaltete den Kaffeeautomaten ein. Danach stieg er in die obere Etage, wo Maria friedlich im Bett lag. Leise schloss er die Tür wieder und schaute ins Kinderzimmer, wo Pablo sofort aufschaute und die Arme nach ihm ausstreckte. Er gab ihm einen Kuss, machte die Spieluhr an und legte ihn noch einmal hin. Sein Sohn protestierte ein wenig, indem er mit den Beinchen strampelte und leise vor sich hin babbelte, ließ sich aber durch die bekannte Melodie ablenken und schloss bald wieder entspannt die Augen. Als Andreas die Küche betrat, wurde die Wohnzimmertür aufgerissen und Sascha stand mit gezogener Pistole im Rahmen. Steffenson erschrak, während Bülow erleichtert die Schusswaffe wieder zurück ins Halfter steckte. „Sag doch was, wenn du dich so leise hier reinschleichst! Es hätte auch ein anderer sein können, nach allem, was du erzählt hast!" „Danke", erwiderte Andreas, „ich bin auch froh, dich zu sehen!" Mit leichtem Vorwurf entgegnete der Beamte: „Entschuldigung, aber ich sollte doch hier aufpassen!" Andreas legte scherzhaft seine rechte Hand auf sein Herz und verbeugte sich. Sascha nahm diese Entschuldigung an und kurz danach saßen die beiden zusammen in der Küche, tranken den heißen Kaffee und genossen die frischen Brötchen, während Steffenson von seinem nächtlichen Erlebnis berichtete. „Du musst den Polizeichef dahin bringen, dass er auch Joachim als Opfer des Anschlags nennt und Polizeischutz bekommt." Sascha Bülow rieb sein Kinn. „Wir haben Wochenende! Wäre es nicht besser, wenn wir ins Präsidium fahren und den neuen Polizeichef bitten . . . . ." weiter kam er nicht, denn Andy schüttelte energisch den Kopf: „Den Neuen fragen? Dieser Hornochse hat in meinen Augen keine Erfahrung in solchen Dingen! Wir fahren nach Bremen und besuchen Matthiesen!" Sascha hörte auf, an seinem Brötchen zu kauen: „Was willst du denn vom alten Chef? Er ist in Pension und hat keinerlei Befugnisse mehr!" Steffenson grinste: „Aber er hat Erfahrung in solchen

Dingen und wird uns einen Rat geben können!" Die Küchentür öffnete sich langsam und Maria kam verschlafen herein. „Buenos dias! Schon wach?" Andy stand auf und küsste ihre Wange. Sie nickte Sascha zu und verschwand wieder nach oben.

Nachdem Maria ihren gemeinsamen Sohn gewaschen und angezogen hatte, saßen alle zusammen noch eine ganze Weile in der Küche. Sascha hatte dem Kollegen Kröger eine SMS geschrieben. Er sollte hier in der Villa warten und auf die Frau und den Kleinen aufpassen, da sie sich mit dem „Alten" treffen wollten. Als es klingelte, begleitete Bülow den Hausherrn zur Tür. Nach den letzten Geschehnissen sollte nicht noch mehr Unheil über die Kollegen des Dezernates kommen. Kröger schaute seine Mitarbeiter erwartungsvoll an: „Ich hab deine Nachricht gelesen, was ist passiert?" Sie klärten ihren Kollegen über alle bisher bekannten Ereignisse auf und weihten ihn auch in den Plan ein, mit Jens Matthiesen, dem pensionierten Polizeichef zu sprechen. Kröger frühstückte mit Maria und dem Kleinen, während Andy und Sascha ihren morgendlichen Besuch starteten.

„Welche Ehre! Wollt ihr mich kontrollieren oder nur besuchen?" Der untersetzte, grauhaarige „Alte", wie er liebevoll von ihnen genannt wurde, sah prächtig aus. Sie gingen durch den Flur des Bungalows zur hinteren Terrassentür, wo er mit seiner Frau bei einem ausgiebigen Frühstück gestört worden war. „Das sind sie!" stellte er mit unverhohlenem Stolz seiner Frau die beiden Männer vor. Während sie der Hausherrin die Hand reichten, erklärte Sascha: „Chef, wir kennen uns vom letzten Betriebsfest und von ihrer Verabschiedung!" Seine Frau stand auf und nickte den beiden zu: „Ich hol zwei Tassen und zieh mich zurück. Ihr wollt bestimmt ungestört sein, oder?" Sie nahmen Platz und Matthiesen lächelte: „Sie durchschaut uns alle, mich sowieso!" Sie kam aus der Küche, stellte die Tassen ab und ging zurück ins Haus, nachdem sie die Terrassentür hinter sich geschlossen hatte. Nachdem sie einen Schluck des heißen Getränks genommen hatten, kam Bülow sofort zur Sache. Sie berichteten von dem ernsten, traurigen Anlass, der sie hierhergebracht hatte und nun in den Augen der beiden den Rat eines erfahrenen Polizeichefs heraufbeschwor. „Es ehrt mich, dass ihr zu mir kommt! Kann man mit Horner nicht darüber reden?" Die beiden schauten sich an und schüttelten fast gleichzeitig den Kopf. „Nun denn. Dann wollen wir die Sache einmal durchspielen." Er zog den Aschenbecher zu sich und nahm aus einem Lederetui eine Zigarre, deren Kuppe er sorgfältig abschnitt, bevor er sie genussvoll im Mund drehte. Dann legte er ein Döschen Zündhölzer auf den Tisch und nahm die Zigarre noch einmal aus dem Mund: „Für Tod erklären lassen! Soso!" wiederholte er langsam und schaute Steffenson an: „Ihre Idee?" Andy nickte. „Sie meinen, das hat damals bei Ihnen geklappt, also versuchen wir es erneut? Das ist, verzeihen Sie mir den Ausdruck, bloßer Unsinn! Wer da am Werk ist, der hat andere Möglichkeiten sich zu erkundigen und ich fürchte, ihr werdet euch an Horner wenden müssen! Früher oder später!" Er drehte mit der rechten Hand die fest gerollte Tabakstange, während er sie mit einem brennenden Streichholz entzündete. Die Flamme pulsierte im gleichen Rhythmus, wie er an dem Glimmstängel zog. Dann blies er die Flamme aus und legte das abgebrannte Hölzchen in den Ascher.

Genussvoll schloss er die Augen und ließ pulsierend ein paar kreisförmige Wolken aus seinem Mund aufsteigen. „Der unglückliche Carlson! Das ist ja furchtbar! War er mittlerweile verheiratet?" Bülow schüttelte den Kopf. „Und Stehler? Verletzt sagten Sie? Schwer?" Andy räusperte sich: „Scheint nicht so, aber er fühlt sich im Krankenhaus nicht sicher." Der Alte nickte. „Nach der Attacke ist das mehr als verständlich. Soll ich Horner anrufen? Er war schließlich auf der Polizeiakademie mein bester Schüler und hat durch mich auch diese Stelle bekommen! Er schuldet mir was!" Bülow zog seine Stirn kraus: „Aha! Ihnen verdanken wir das also, interessant, interessant!" Der Alte wusste, wie das gemeint war und ging lächelnd ins Haus: „Ich hol das Telefon, es muss sein, glaubt mir!" Er kam mit dem schnurlosen Gerät zurück auf die Terrasse und drückte die Taste für den Lautsprecher. Bevor er die Nummer seines Nachfolgers zu Ende gewählt hatte, legte den Zeigefinger auf seine Lippen und lauschte in den Hörer. Das Freizeichen war fünfmal zu hören, bis endlich ein unwirsches: „Horner am Apparat!" ertönte. Als sich sein Mentor mit Namen meldete, veränderte sich sofort seine Stimme. Wie freundlich und nett der Neue reden konnte! Matthiesen kam sofort auf den Punkt und setzte seinen Nachfolger von dem fürchterlichen Vorfall in Kenntnis. Horner reagierte komplett anders, als der „Alte" erwartet hatte. „Dr. Matthiesen, ich darf Sie doch noch Chef nennen?" Ohne eine Antwort abzuwarten redete er weiter: „Woher haben Sie diese Information? Träumen Sie auch von irgendwelchen Katzen? Oder haben Sie Besuch bekommen? Ich weiß das schon seit gestern Abend! Meinen Sie vielleicht, ich wäre meiner Aufgabe nicht gewachsen und würde nicht auf dem neusten Stand sein?" Matthiesen reagierte sehr gelassen: „Na, warum denn so gereizt, was soll das? Meine Männer haben viele Jahre für mich und den Laden gut gearbeitet. Wir sitzen doch alle im selben Boot, oder etwa nicht? Ich will mich nicht einmischen, aber Sie sollten meinem früheren Team mehr Vertrauen entgegenbringen. Ich kann Ihnen natürlich nicht vorschreiben, wie Sie ihre Arbeit machen sollten, aber dann sollten Sie sich auch nicht wundern, dass sich die Männer an mich wenden! Ich schlage vor, dass wir uns zusammen an den Tisch setzen sollten und die Sachlage besprechen. Vor allen Dingen rate ich Ihnen freundlichst, sich mit dem freien Mitarbeiter Steffenson gut zu halten. Ich habe zuerst auch an seinen seltsamen Fähigkeiten gezweifelt, aber unsere Interne hat sich damals ausgiebig mit ihm befasst. Er wurde sogar von uns offiziell als Profiler ausgebildet und hat sehr erfolgreich ermittelt. Lesen Sie seine Personalakte! Die Mitarbeit ist von der Staatsanwaltschaft gedeckt! Stören Sie sich nicht daran, dass er Träume hat, die Sie nicht nachvollziehen können. Wir müssen uns treffen! Sagen Sie wann und wo!" Es war Steffenson schon ein wenig peinlich, dass man in seinem Beisein so über ihn redete und von Matthiesen wieder in sein altes Umfeld gelobt werden sollte. Tatsächlich schien Horner nicht abgeneigt zu sein, denn er hatte mittlerweile schon von seinem Oberkommissar und dem behandelnden Stationsarzt im Krankenhaus erfahren, dass Steffenson durch seine seherischen Fähigkeiten noch Schlimmeres verhindert hatte. Er musste tatsächlich, auch wenn es dem „Neuen" schwer fiel, das auszusprechen . . . . er musste wirklich Vorahnungen gehabt haben!

Es war früher Morgen, als Maria verschlafen zur Seite blickte. Irgendetwas hatte sie geweckt. Andreas starrte an die Decke und schluchzte leise. Tränen liefen über seine Wangen. „Madre mia!" rief sie und schmiegte sich an ihn. „La gata?" Steffenson bewegte sich nicht. Er starrte teilnahmslos in die Luft. „Andreas! Mira me! Schau mich an!" Sie griff sein Kinn und zog sein Gesicht zur Seite, um ihm in die Augen zu schauen. Andy schien durch sie hindurch zusehen. „Que pasar? Was ist passiert?" Wieder quollen ein paar Tränen aus seinen traurigen Augen und endlich kam die Antwort, kurz und knapp: „Wozu das alles? Ist es das wert?" Maria grübelte. Der Tod des Kollegen ging ihrem Mann wohl nicht aus dem Kopf. Sie setzte sich und schaute ihn grimmig an: „Wie waren deine Worte, wenn ich Zweifel an deiner Arbeit hatte? Man muss sich wehren! Hast du gesagt, man sollte die Verbrecher nicht ungeschoren davonkommen lassen! Hast du das gesagt, oder nicht? Mira me!" Andy holte tief Luft. Es schien, als habe sich eine schwere Last auf seine Brust gelegt. Maria nahm ein Taschentuch und tupfte die Tränen weg. Dann küsste sie ihn zärtlich auf die Wange: „Carlson soll nicht umsonst gestorben sein! Such nach dem Mörder! Frag deine Katze im Schlaf! Du schuldest ihm das!" Andreas wurde genau im richtigen Augenblick von ihr moralisch aufgebaut. Er nickte und murmelte ein leises: „Du hast ja recht, aber es tut weh, wenn einem die Tragweite unserer Arbeit so drastisch bewusst wird." Er stand auf und schleppte sich, wie ein angeschlagener Boxer träge ins Bad.

Zwei Tage später saßen sie auf Wunsch des pensionierten Polizeichefs im Präsidium zusammen. Auch Steffenson war anwesend, als man in aller Ruhe und Sachlichkeit die letzten Ereignisse revuepassieren ließ. Außerdem waren zu ihrer Verstärkung noch zwei Beamte aus dem Betrugsdezernat dazu gebeten worden. „Ein Anschlag auf meine Leute!" Dr. Horner eröffnete mit diesem Satz die Gesprächsdebatte und fuhr fort: „Dem Kollegen Stehler geht es viel besser, allerdings fragt er ununterbrochen nach seinem Partner, der den Angriff, wie wir ja wissen, nicht überlebt hat. Der behandelnde Arzt meint, dass es unsere Entscheidung wäre, wann wir ihm die bittere Wahrheit sagen sollten." Er holte tief Luft und fuhr fort: „Kröger soll solange die Ermittlungen leiten, bis Kollege Stehler wieder fit ist. Ich muss mich noch bei Ihnen entschuldigen, Herr Steffenson. Ich war skeptisch, was Ihre Person betraf und habe mich ausführlich mit Ihrer Personalakte befasst. Sie sind ab sofort wieder im Team!" Matthiesen nickte bestätigend und ergänzte: „Andreas, ich darf Sie doch noch immer so nennen? Sie sind mit der Materie bestens vertraut. Haben Sie in jener Nacht wirklich niemanden erkannt?" Steffenson schüttelte den Kopf: „Es waren keine Männer, denen ich schon einmal begegnet bin, weder beruflich noch privat! Ich frage mich aber immer wieder, wieso ich geträumt hatte, dass man Joachim, ich meine natürlich Hauptkommissar Stehler, warum man ihm umbringen wollte? Ich bin mir darüber hinaus auch ziemlich sicher, dass es auch mich betrifft. Carlson war ein Zufallsopfer, davon bin ich überzeugt. Wir müssen nach einem Fall suchen, den wir gemeinsam bearbeitet haben. Es fühlt sich einer oder mehrere auf den Schlips getreten und zwar so gehörig, dass man meint, sich an uns rächen zu müssen! Also kann es nur ein Täter sein, der von uns überführt und bestraft wurde. Vielleicht wurde er oder sie vor kurzem wieder entlassen und haben ihre Strafe abgesessen . . . . in diese Richtung gehen meine Träume, oder besser gesagt dahin scheint mich die weiße Traumkatze hinweisen zu wollen!" Der erfahrene Pensionär nickte zustimmend und schaute seinen Nachfolger an: „Das haben wir auch schon vermutet! Also ran! Nehmen wir uns zuerst die erledigten Fälle der vergangenen . . . zwei Jahre vor? Was meint ihr, werden wir da fündig werden?" Bülow meldete sich zu Wort: „Wir fangen mit den letzten Verhaftungen an und arbeiten uns Stück für Stück zurück, bis wir fündig werden." Horner stellte zur weiteren Unterstützung einen Profiler der Sitte ab, der ihnen bei den Recherchen behilflich sein könnte. Es war eine ruhige Zeit, sodass die Mordkommission ein paar Tage dafür opfern konnte, um im Archiv zu wühlen. Nach zwei weiteren Tagen, man hatte auch Joachim in ihre Pläne eingeweiht, blieben vier Verdächtige des letzten, abgelaufenen Jahres übrig, denen man ein solches Verbrechen hätte zutrauen können. Die Kollegen der Mordkommission gingen alle Fälle durch, an denen Carlson, Stehler und Steffenson gearbeitet hatten. Verurteilte und deren Mithäftlinge wurden im Gefängnis befragt, Freigelassene, die ihre Strafen abgesessen hatten, wurden aufgesucht. Dabei kamen sie schnell auf den Bruder eines ehemaligen Verdächtigen, der in seinem Privatjet über dem Atlantik abgestürzt war. Er hatte in seinem Umfeld wüste Drohungen gegen die Bremer Mordkommission ausgesprochen, kannte die Gegend um das Teufelsmoor, wo der Anschlag auf die beiden Beamten verübt worden war und fuhr außerdem eine dunkle Limousine. Eine solche hatte Steffenson am Tatort wegfahren sehen, nachdem zwei Männer sich den verunfallten Wagen genau von innen angesehen hatten. Trotzdem war Andreas sofort gegenteiliger Meinung. Er hatte mehrfach seine Traumkatze an der Weser gesehen und immer wieder auch den Taucher, den man anschließend verhaften konnte. Da die beiden Kalters einsaßen, glaubte Andy, dass die Träume noch als vage Erlebnisse an den vorherigen Fall erinnerten. Obwohl Steffenson große Zweifel an dem Tatverdacht hegte, den Dr. Horner persönlich aufgestellt hatte und auf eine Festnahme des einzigen, angeblich Verdächtigen drängte, wurde dieser Spur nachgegangen. Ivan Grassow wurde aufgespürt und vorläufig unter dem dringenden Tatverdacht des hinterlistigen Anschlags auf die beiden Beamten festgenommen. Andreas nahm an diesen Mutmaßungen trotz der erdrückenden Beweise nicht teil. Ihn ließ der immer wiederkehrende Traum von den beiden Drogenhändlern nicht mehr los und so war er davon überzeugt, dass seine Abteilung einer falschen Fährte gefolgt war. Bülow vertraute ihm und bot seine Hilfe an. Zunächst verliefen weitere Untersuchungen im Sande. Stehler war unter strengster Geheimhaltung unterdessen in eine andere Klinik im Centrum von Bremen verlegt worden. Ihm ging es gesundheitlich schon wesentlich besser, nur die Nachricht vom Tod seines Mitarbeiters Carlson setzte ihm noch schwer zu. Bei einem Krankenbesuch, den Andreas fast täglich machte, diskutierten sie immer wieder über die vorläufige Festnahme dieses Ivan Grassow, Bruder des über dem Atlantik verunglückten Bosses, der sich Nr. 1 genannt hatte.

„Ken Carpenter?" Der Angerufene ließ den Hörer sinken, denn er kannte die Stimme nicht. „Quien esta? Wer ist da?" fragte er und am anderen Ende der Leitung ließ man ihn sofort wissen: „Mi nombre no es importante - Mein Name ist nicht wichtig. Wir haben Beweise, dass Sie der Eigentümer des aufgelösten Kontos sind. Sie haben Kunden aus Deutschland mit, wie soll ich das formulieren, mit einheimischer Ware beliefert. Ich bin beauftragt worden, diese Geschäftsbeziehung wieder aufleben zu lassen. Wäre das möglich?" Carpenter schwieg, denn der Anruf könnte auch eine Falle sein. Solange er hier auf der Insel in der Karibik blieb, konnte man ihm nichts anhaben. „Bevor ich mich entscheide, will ich Sie persönlich kennenlernen. Ich muss mir ein Bild machen. Wir können uns in einem Hotel treffen und die neuen „Geschäfte" und Konditionen besprechen." Erleichtert kam die schnelle Antwort: „Das ist in unserem Sinne. Vielen Dank, Señor Carpenter, wir melden uns." Tage danach flogen zwei Geschäftsleute nach Kingston, um sich mit ihm zu treffen und nach weiteren drei Tagen war man sich einig. Man musste zwar die doppelte Summe überweisen, bekam dafür aber mehr Ware über den Seeweg mit jetzt 5 umgebauten Woks, diesmal nach Glasgow, denn die Deutschen kannten den Ablauf und waren der Meinung, dass keine Lieferung auf diesem Weg mehr erfolgen würde. Der schottische Hafen war ganz nach dem Geschmack der drei Kampftaucher, die hier oben, im Firth of Klyde ein großes Seegebiet hatten, wo sie an vielen Orten unbemerkt zuschlagen konnten. Man suchte sich eine Stelle aus, an der die Lotsen noch nicht an Bord waren. Pro Lieferung wurden 15 bis 20 Kg Marihuana in die „alte" Welt geschmuggelt.

Der Transport war reaktiviert und den Großteil der Ware setzte man in den Hafenkneipen von Glasgow und dem 60 km entfernten Edinburgh um. Ein nicht geringer Restanteil wurde mit der Fähre nach Amsterdam geliefert. Das „neue Kartell" machte gute Umsätze und bald waren die Touren so eingespielt, dass man zusätzliche Frachter zum Transport benutzte.

Nach dem gewaltsamen Tod ihres Kollegen Carlson bekamen die Kollegen der Drogenfahndung eine Anfrage um Amtshilfe vom Police-Department Glasgow, Scotland. Ian Mc Gobha, ein Konstabler der Schottischen Kriminalpolizei mit deutscher Mutter, deshalb der hiesigen Sprache mächtig, kam nach Bremen, um sich über die erfolgreiche Arbeit zu informieren. Durch den Informationsaustausch mit Interpol, waren die Schotten durch den, in letzter Zeit angestiegenen, illegalen Drogentransport in ihrem Land auf den gelösten, letzten Fall der deutschen Kollegen gestoßen und hellhörig geworden. Die Drogenfahndung Bremerhaven war sofort bereit, den Kollegen in Scotland behilflich zu sein und ihr Wissen an sie weiter zu geben. Damals wusste man noch nicht, dass es sich um das „angeblich" zerschlagene Kartell handelte, dass seine Geschäfte ziemlich lange Zeit unentdeckt mittels Schiffstransporten aus der Karibik gemacht hatte. Bei näherer, geographischer Betrachtung der Hafenanlagen, schien eine gewisse Ähnlichkeit zu Bremerhaven zu bestehen, denn auch hier mussten die Überseefrachter schmale Wasserstraßen befahren, um endlich am Kai gelöscht zu werden. Man musste durch die Nordirische See, südlich an der Halbinsel Kintyre, dann östlich an Arran vorbei, nördlich durch den Sound of Bute. Das waren gute 100 Seemeilen enge Gewässer, die eine langsame Fahrt erforderlich machte. Auch hier, wie in Bremerhaven bestanden die vielfältigen Möglichkeiten, geschulte Taucher unbemerkt an die Schiffswand zu kommen und die magnetischen Stahlbehälter unterhalb der Wasserlinie am Schiffsrumpf aufschrauben und den Inhalt an Land bringen zu können, bevor der Frachter Port Glasgow erreichte.

Der Mord an einem Dealer, den man nur durch Zufall halb verwest im Mündungsgebiet der Weser gegenüber der Robbenplatte im „Nationalpark Wurster Watt" aufgefunden hatte, gab der Mordkommission zunächst Rätsel auf. Erst als man mühselig das Opfer anhand des Gebisses und einem einzigen, noch einigermaßen lesbaren Fingerabdruckes identifiziert und damit seine Wohnadresse herausgefunden hatte, ordnete Bülow in Vertretung des immer noch verletzten Leiters eine Hausdurchsuchung an. Hier fanden sich erste Hinweise.

Es handelte sich bei dem Toten um den Informanten „Roland Anderson." Er war V-Mann, der aus Angst untergetaucht war. Das hatte er zumindest noch wortwörtlich seinem Kontaktbeamten sagen können. Den Grund dafür hatte er nicht weitergegeben, so suchte man vergebens nach Hinweisen in seiner Wohnung.

Steffenson konnte davon nichts wissen, als er in der Nacht wieder von seiner Katze träumte. Sie schlich miauend durch die Gassen der Altstadt und blieb vor einer Bar auf der Treppe sitzen. Das war nun der dritte Traum, der seinen kleinen Traumbegleiter immer wieder vor der gleichen, alt eingesessenen Kneipe zeigte. Er hatte sich bisher keinen Reim darauf machen können, doch in dieser Nacht kam eine unbekannte Person hinzu.

Ein hagerer Mann mit hellem Gesicht und tiefliegenden, dunklen Augen kam die Treppe herunter und ging auf ihn zu. „Wende dich an Chantal, sie bewahrt die Lösung für mich auf!" flüsterte er und legte seinen Zeigefinger auf die Lippen. Ein kalter Hauch traf Andy, als der warnende Mann wie ein Hologramm ohne Hinderung durch seinen Körper glitt. Dann verschwamm das Bild und löste sich in einer Nebelwand auf. Andy ahnte, dass es um Mord ging, denn so hatte auch die Wahrnehmung des Arabers angefangen, der ihn im Traum um Hilfe gebeten hatte. Andreas konnte keinen Schlaf mehr finden, setzte sich und nahm ein Buch, um sich abzulenken. Unternehmen konnte er jetzt sowieso nichts mehr. Er würde mit Bülow am nächsten Abend in die besagte Bar in der Altstadt gehen und nach dieser „Chantal" fragen.

Als Sascha seinen Freund in die Altstadt-Bar begleitete, wusste er schon vom Tod des Dealers. Die Gegend galt als ziemlich gefährlich, da sich zwei Gangs hier schon seit Jahren um diverse, illegale Geschäfte stritten. Ein Beamter wurde schon vier Straßen vorher erkannt und argwöhnisch beäugt. Obwohl beide in Zivil waren und bisher noch keine Fragen gestellt hatten, wurden sie von zwielichtigen, entgegenkommenden Männern absichtlich auf dem Bürgersteig angerempelt. Andy entschuldigte sich und ging weiter, denn einen Streit konnten sie hier nicht gebrauchen. Eine schwierige Mission stand ihnen bevor. Obwohl bekannt war, dass in allen Gaststätten und Bars ein striktes Rauchverbot bestand, schlug ihnen eine dichte, atemraubende Nebelwand entgegen, als sie den schweren Vorhang zurückschlugen und die düstere Kneipe betraten. Warum die flackernde Neonreklame diese Spelunke ausgerechnet eine „Bar" nannte, blieb den beiden schleierhaft. Die Gespräche verstummten sofort und mehrere Augenpaare begleiteten sie bis zur Theke. Gelangweilt nahm eine ältere Blondine, die vor vierzig Jahren bessere Zeiten erlebt hatte, den schmierigen Lappen und wischte über den Tresen. „Habt ihr euch verlaufen? Soll ich ein Taxi rufen?" Andreas lächelte: „Wie wär es mit zwei Gläsern Bier?" „Haben wir nicht!" „Zwei Whisky?" „Haben wir nicht!" „Rolli hatte uns gesagt, dass wir hier etwas zu trinken bekommen würden! Hat er sich wohl gründlich vertan! Komm, Andy, wir gehen wieder!" Als sich die beiden umdrehen wollten, hielt die Blonde Sascha sanft am Arm fest: „Rolli? Sagst du?" Lächelnd drehten sie sich wieder um, während die anderen Besucher murmelnd ihre Gespräche wieder aufnahmen. „Ja, Chantal! Rolli meinte, du würdest uns helfen!" dabei sah er sich die abgewrackte Frau aus nächster Nähe an. Die Augen waren von dicken, schwarzen Strichen umrandet, die verklebten Wimpern glichen einem Stacheldraht, der Lippenstift war viel zu grell, trotzdem musste sie irgendwann vor hundert Jahren einmal eine Schönheit gewesen sein, denn sie hatte immer noch eine recht schlanke Figur. Schnell standen zwei Gläser Bier und zwei Whiskys vor ihnen und die Frau beugte sich so weit zu ihnen herüber, dass man Angst haben konnte, ihre Brüste würden auf den Tresen fallen: „Hat Rolli noch etwas zu dir gesagt?" Andreas nickte. Er gab sich bewusst locker und duzte die Barfrau: „Du hast die Lösung für Rolli, stimmt's?" Sie wirkte einen Augenblick unschlüssig und irritiert: „Ich habe ihn doch seit vier Wochen nicht mehr gesehen!" Andreas wiederholte den Satz, denn was es damit auf sich hatte, wusste er auch nicht: „Du hast die Lösung hat er gesagt."

Chantal nickte fast unmerklich und kritzelte etwas auf einen Bierdeckel, den sie auf die Theke legte. Dabei sagte sie: „Beehrt uns nicht wieder!" Dann lachte sie und ging ans andere Ende der Theke. Sascha trank aus und zog Andreas am Ärmel: „Du hast gehört, was die Lady gesagt hat! Komm!" Andy ließ seine Gläser unberührt und ging widerwillig hinter seinem Freund zum Ausgang. „Wir haben nichts erreicht!" flüsterte er dabei und Sascha schüttelte den Kopf. „Frag nicht, komm!" wiederholte er. Als sie ins Freie traten, merkten sie erst, wie abgestanden und beklemmend die Atemluft in der Kneipe gewesen war. „Toll! Und jetzt?" Sascha lächelte. „Wir warten!" sagte er und gab seinem Freund den Bierdeckel mit der Notiz: „Vor dem Eingang, in 10 Minuten!". Es dauerte keine fünf Minuten, bis Chantal ein Fenster öffnete und eine Tasche herausreichte: „Er ist tot, nicht wahr?" Sascha nickte und bevor er noch eine Frage stellen konnte, war das Fenster wieder verschlossen. Sie gingen zum Auto und Sascha gab Andy den Schlüssel: „Du hast nichts getrunken, fahr du!" Als sie auf die Hauptstraße einbogen, hatte Sascha die Tasche schon geöffnet: „Bingo! Papiere und ein Laptop! Deine weiße Katze ist wirklich Gold wert! Ab ins Präsidium, ich will wissen, was für Anderson so wichtig war, dass er es hier verstecken musste!" Es war gegen 23.ooh, als sie in der Tiefgarage des Präsidiums parkten und zum Lift gingen. Fünf Minuten später waren sie in der zweiten Etage und meldeten sich telefonisch beim Nachtportier, damit er wusste, dass sie noch im Haus waren und arbeiten mussten. Von ihm erfuhren sie, dass Stehler heute im Amt gewesen war und sich an den Ermittlungen beteiligen wollte, obwohl er noch krankgeschrieben war. Das war eine erfreuliche Neuigkeit. Nun machten sie sich an die Arbeit. Sascha war im Element. Er hatte den Laptop an seinen Computer angeschlossen und während Zahlenkolonnen über den Bildschirm liefen, stand er auf und ging zum Kaffeeautomaten: „Auch eine Tasse? Das dauert!" Andy hatte den Kopf auf den Tisch gelegt: „Wie? Was?" Bülow zeigte auf seine Tasse: „Das dauert! Kaffee?" Steffenson setzte sich wieder gerade hin und rieb die Augen: „Ja, bitte! Was kann dauern?" Sascha schob eine zweite Tasse unter das Gerät und drückte auf den Knopf. Über die Schulter zurück sagte er: „Das Passwort! Mein Programm versucht, den Code zu knacken." Als sie sich gegenüber saßen und an dem heißen Getränk nippten, ertönte ein leises: „Bing!" und das laufende Bild blieb stehen. „Das ging aber schnell!" meinte Sascha. „Hat sich nicht viel Mühe gegeben, mit dem Schutz!" Er drehte den Laptop zu sich und tippte den erfolgreich ausgelesenen Code in die Tastatur. Als er damit den Ordner geöffnet hatte, lehnte er sich zurück. „Drogen!" sagte er. „Der scheint für die Drogenfahndung gearbeitet zu haben!" Wieder flogen seine Finger über die schwarzen Tasten, bis er fündig wurde: „Das ist der Tote aus dem Watt! Roland Anderson . . . wir müssen das Drogendezernat darüber informieren. Er war Informant und schreibt hier etwas von einer Verlagerung der Geschäfte nach Schottland. Wenn die Liste aktuell ist, dann stehen hier die Namen von Drogenhändlern und Dealern, die uns bisher nicht bekannt waren. Schau dir einmal an, wer das ganze Kartell leitet! Kommt dir der Name nicht bekannt vor? Wie kann das gehen und vor allen Dingen: was unternehmen wir jetzt?"

Konstabler Ian Mc Gobha erwies sich für die Kollegen der Drogenfahndung als Glücksfall. Er war sehr hilfsbereit, hatte unkonventionelle Ideen und den trockenen, witzigen Humor von seinem Vater geerbt, der auf den Äußeren Hebriden wohnte und noch den harten, gälischen Dialekt der Inselbewohner sprach. Diesen interessierten schottischen Beamten lernte Steffenson bei einer Besprechung im Dezernat kennen und spürte eine Art Seelenverwandtschaft mit dem ehrlichen, immer gut gelaunten Highlander. Als der dann von seinen seltsam anmutenden Träumen erfuhr, wollte Ian noch mehr davon wissen, denn auch sein Vater glaubte an solche Sachen. Er sprach von der weißen Frau, einer Geistererscheinung in den weitläufigen Hügeln der Highlands, schon seit Menschengedenken bekannt, da sie Unglück brachte. „Oder die Skandinavier, die an ihre Trolle glauben, Seeleute vom Klabautermann berichteten, so etwas?" Steffenson schaute den Mann von der Insel an. Da war keine Spur von Misstrauen oder Geringschätzung. Es war das erste Mal, dass sich ein Mann sofort für ihn und seine seltsam anmutenden Träume aufrichtig zu interessieren schien. Andreas musste unwillkürlich lächeln, denn so hatte das noch niemand ausgedrückt. Er konnte keine Antwort darauf geben, denn entweder kam die weiße Katze in seinen Träumen vor, oder sie hielt sich zurück. „Es ist mit ihr, mein kleiner Freund verhält sich fast genauso, wie seine lebenden Artgenossen, eigensinnig und stur zugleich! Ich kann es leider nicht beeinflussen, selbst wenn mir eine dringende Frage auf den Nägeln brennt, tut mir leid!" Der Schotte nickte: „Wie mir deine Kollegen erzählt haben ist das ein wenig untertrieben. Wenn ihr einen besonderen Fall habt, so findest du die

Lösung, stimmt doch, oder nicht?" Steffenson wollte diese unnötige Diskussion für heute beenden, denn die Rederei führte zu nichts. Er wechselte das Thema und fragte nach Details, die zur Zusammenarbeit mit dem Highlander in der Drogenfrage geführt hatte. Als ihm Ian, den die anderen Kollegen kurz Mc Gob nannten, antwortete, kamen ihm ungewollt wieder die Erinnerungen an ihren gelösten Fall in den Sinn. Während der schottische Beamte aus seinen Akten zitierte, hielt sich Andreas den Kopf, denn seine Umgebung schien sich aufzulösen. Er hörte immer noch die Stimme mit dem leicht harten Akzent und sah gleichzeitig die weiße Katze, die fauchend auf ihn zukam. Wieder stand er an der Weser und schaute mit ihr gemeinsam den hereinkommenden Schiffen zu. Dann hörte er ein Nebelhorn, das mit dumpfem, durchdringend anhaltendem Ton normalerweise andere Schiffe warnte. Die Katze sprang fauchend in eine Nebelwand und er war alleine. Die dunklen Töne wurden allmählich heller, bis sie in ein schrilles Klingen übergingen. Andreas wachte aus seinem Traum auf und blickte in das erstaunte Gesicht des Schotten, der das Telefon immer noch ignorierte. Steffenson rieb sich die Augen, räusperte sich und hob den Hörer ab: „Ja . . .?" seine Stimme krächzte. Am anderen Ende meldete sich kein Teilnehmer, nur ein deutliches Atmen war zu hören: „Hallo? Wer ist denn da?" Sekunden verstrichen, bis er endlich eine Stimme hörte, die offensichtlich verstellt war und leise flüsterte: „Du weißt genau, wer hier ist! Verbrenn dich nicht, denn du wirst der nächste auf unserer Liste sein! Halt dich von den Ermittlungen fern, denn wir wissen wo du mit deiner Familie wohnst!" Ein Klicken und die Leitung war tot.

„Was war das?" Ian schaute Andy an, der kreidebleich war und immer noch den piepsenden Hörer ans Ohr hielt. „Es . . ." ihm stockte der Atem: „es geht wieder los!" Ohne auf seinen Begleiter zu achten, ging er aus dem Büro auf den Flur und rief: „Joachim?" Es dauerte nur kurz, dann öffnete der Chef der Mordkommission seine Tür. „Andy? Was ist?" „Ich bin bedroht worden, am Telefon! Ian war dabei. Ich muss nach Hause und Maria und Pablo schützen. Es geht wieder los!" Steffenson wollte sich umdrehen und gehen, aber Joachim hielt ihn am Arm fest. Ian Mc Gobha war auch aus dem Büro gekommen und schaute die Beiden an. „Andy, beruhige dich! Du bist ja ganz durcheinander! In deiner Villa wohnen drei Beamte von uns. Eine Kollegin von der Sitte lässt sich ab und zu mit einer dunklen Langhaar-Perücke vor dem Haus sehen. Das war doch mit dir seit dem Anschlag auf mich und Carlson abgesprochen. Wir werden das Schwein überführen, aber verlier bloß nicht die Nerven. Wir werden jetzt die Zentrale anrufen und klären, wer dich angerufen hat. Kommt erst mal rein!" Steffenson war leer. Er konnte keinen klaren Gedanken mehr fassen, trottete in das Büro seines Freundes und ließ sich in den Ledersessel am Fenster fallen. Dann wiederholte er den Wortlaut des Telefonats: „Ich soll angeblich wissen, wer am Hörer war . . . . hat er erklärt! Und die unmissverständliche Drohung, wo ich wohne. Ich soll mir nicht . . ." er redete weiter, während Joachim den Anruf zur Zentrale tätigte. Mc Gob hatte sich auch gesetzt, sagte aber kein einziges Wort. Endlich legte Stehler den Hörer wieder auf. „Er hat sich mit Kommissar Heller gemeldet und wollte dich sprechen. – Es gibt bei uns keinen Kommissar Heller!"

Steffenson starrte gegen die Wand. Fragen über Fragen pochten in seinem Hirn. Wer war der Anrufer? Woher wusste der, dass er im Augenblick hier im Dezernat war? Wieso war ihm entfallen, dass er schon seit ein paar Wochen mit seiner Familie gegenüber der Polizei in einer überwachten Wohnung lebte? Er hatte über all den neuen Eindrücken kurzfristig den erlebten Tagtraum vergessen, denn diese Drohung hatte ihn völlig aus der Bahn geworfen. „Ich bin müde!" Das war die einzige Antwort, die ihm dazu einfiel. Joachim gab dem Schotten ein Zeichen. Der sprang sofort auf und begleitete ihn. „Bleiben Sie bei ihm, bis er sich wieder gefangen hat. Wir verfolgen eine Spur. Der Anrufer hatte ein internes Gespräch geführt. Es wird nicht lange dauern, dann wissen wir, aus welchem Büro das Telefonat kam!"

Ian nahm Steffenson am Arm und nickte ihm wohlwollend zu. „I am your helping hand, now! Ich helfe dir!" sagte er und ergänzte: „Als du mir eben zugehört hast, habe ich deine Veränderung gespürt. Du kannst einem richtig Angst einjagen, wenn du dich so konzentrierst. Fast gleichzeitig klingelte mein „mobile" und mein Daddy war am Apparat. Pass auf dich auf, mein Junge, sagte er. In der Nacht kam „banshee" zu mir ins Schlafzimmer. Sie stand plötzlich vor meinem Bett, nahm meine Hand und zog mich ins Wohnzimmer. Dort nahm sie deinen Atlas aus dem Schrank und legte ihn auf den Tisch. Dann fuhr sie mit dem Zeigefinger über die Seiten, bis sie einen Punkt fixierte. Als ich hinsah, entdeckte ich einen Brandfleck auf der Karte von Norddeutschland. Man konnte kaum noch die Stadt lesen: „Bremen!"

Pass auf dich auf, Deine Kollegen werden Ärger bekommen, du musst sie warnen!"

Andy blieb im Flur stehen und wandte ihm sein Gesicht zu. Ian hatte einen sehr ernsten Ausdruck und sprach noch einmal das gälisches Wort aus: „Banshee! Boireannach geal bho Gaidhealteachd! "(Die weiße Frau aus den Highlands.) Er nickte und ging voraus und Steffenson wagte nicht mehr, ihm eine Frage zu stellen. Ohne Aufforderung sprach Ian Mc Gobha und drehte den Kopf ein wenig seitwärts, damit ihn Andy verstehen konnte: „Ich habe schon mit dem Chef gesprochen. Das Dezernat ist in Bereitschaft. Man nimmt diese Drohung am Telefon sehr ernst, zumal mein Vater uns durch seine Erscheinung auch aufgefordert hat, wachsam zu sein!" Andreas antwortete: „Ich fürchte, die Lösung wird bei euch in Glasgow zu finden sein, denn die Ähnlichkeiten mit unserem letzten Fall sind nahezu deckungsgleich! Zudem . . " er sprach nicht weiter, denn zwei fremde Männer kamen ihnen auf dem Flur entgegen. Einer ging direkt auf ihn zu und legte eine Hand auf seine Schulter. Gleichzeitig machte der zweite eine kurze Bewegung und Andy spürte einen leichten Stich im Unterarm. Er meinte sogar, dabei einen hämischen, überheblichen Blick des Mannes gesehen zu haben. Die Gesichter kamen ihm bekannt vor. Wo hatte er die Beiden schon vorher einmal gesehen? Ian zog ihn am Ärmel mit: „Was ist? Hast du deine Katze gesehen?" Andreas wandte sich ab und ging neben dem Schotten zum Aufzug, ohne auf die Frage zu antworten. Als sich der Fahrstuhl in Bewegung setzte, verspürte Steffenson eine leichte Kreislaufschwäche. Er stützte sich gegen die verblendete Metallwand, als es dunkel um ihn herum wurde. Ian konnte gerade noch verhindern, dass er ungeschützt auf den Boden stürzte. Andreas war ohnmächtig geworden.

Schwarze Schatten tanzten an der Wand, Nebelfetzen flogen durch das Zimmer und plötzlich saß Steffenson wieder in seinem Wagen. Die Erinnerung kam zurück. Gerade war vor seinen Augen auf den Dienstwagen seines Freundes geschossen worden. Er stand immer noch mit laufendem Motor in der einsamen Straße in Osterholz-Scharmbeck. Da liefen zwei Männer an ihm vorbei zu dem verunglückten Auto. Sie rissen die Tür auf und schauten ins Innere. Dann wandten sie sich zu ihm um und Andy erschrak, denn jetzt erkannte er sofort die beiden Beamten wieder, denen er gerade im Flur begegnet war. In seinem Tagtraum gingen sie zu einem PKW, luden einen weiteren Mann ein und fuhren davon. Ein greller Scheinwerfer blendete ihn und schützend wollte er seinen Arm heben, als er ein unverständliches Stimmengewirr hörte. Mit starken Kopfschmerzen war er zurück in der Wirklichkeit und schaute direkt in den Strahl einer Taschenlampe. Ein Notarzt hockte im Lift über ihm. Ian stand daneben und erklärte: „ . . . er ist einfach umgefallen!" Jetzt verstand er auch die Frage des Arztes „Hören Sie mich?" Steffenson kam wieder zu sich. „Ja, alles in Ordnung! Geht schon!" Er setzte sich und bat den Mediziner um ein Schmerzmittel. Jetzt sah er auch Stehler, der hinter den beiden gestanden hatte. „Ian wird dich nach Hause bringen und bei dir bleiben, bis du dich besser fühlst. Wir regeln das hier." Er wollte sich abwenden, als Steffenson protestierte. „Joachim, halt! Ich muss dir etwas Dringendes sagen!" Stehler blieb stehen und schaute ihn auffordernd an. „Bitte, was ist?" Als er wieder auf den Beinen war, ergänzte er: „Unter vier Augen!" Der Arzt und Ian gingen zur Seite und Andreas zog Joachim in eine Ecke: „Waren eben zwei Männer bei dir im Büro?" Stehler nickte: „Ja, Beamte von der Drogenfahndung! Warum?" „Kanntest du sie?" Der Hauptkommissar schüttelte den Kopf: „Nein! Sollte ich? Die haben sich ausgewiesen, man hat sie abgestellt, um mit uns zusammen zu arbeiten!" Steffenson konnte seine Erregung kaum unter Kontrolle bringen und wollte gerade seinem Freund offenbaren, wer die beiden in Wirklichkeit waren, als sie hinter Joachim auftauchten und ihn einhakten. „Was ist? Gehen wir?" Stehler drehte sich zu ihnen um: „Einen Augenblick noch, mein Freund wollte mir gerade etwas Wichtiges sagen!" Jetzt überschlugen sich die Ereignisse. Die Männer zogen ihre Waffen und Andy sah sofort, dass die Pistolen aufgeschraubte Schalldämpfer hatten, was für Beamte im Dienst nicht normal war. „Ian!" rief er und sprang zurück in den Fahrstuhl. Funken sprühten, als die Männer auf ihn feuerten. Dann schlossen sich die Metalltüren und der Lift setzte sich in Bewegung, ohne das Andy einen Knopf hatte drücken können. Zu seinem Glück war der Fahrstuhl von einem Unbeteiligten angefordert worden. Er nahm sein mobiles Telefon und wählte die Nummer von Sascha. „Was gibt's?" fragte er und Andreas schrie laut in den Hörer. „Auf eurem Gang oben wird Stehler entführt! Man hat auf mich geschossen! Beeil dich!" Als der Aufzug endlich stand, sprang er durch die langsam auseinandergleitenden Türen und rannte fast den Kollegen um, der im Begriff war, einzusteigen. Ohne Entschuldigung lief er weiter zum Treppenhaus. Oben angekommen, wurde er von Mc Gobha, Bülow und Stehler empfangen. „Was ist los mit dir? Du rufst mich an, sprichst von einer Entführung und von Schüssen? Wo bist du mit deinen Gedanken?"

Steffenson ging zum Fahrstuhl, sah in das entsetzte Gesicht des Arztes, der immer noch hier wartete und verstand nicht mehr, was gerade passiert war, oder besser gesagt, was er gemeint hatte, soeben erlebt zu haben. Träume, Wahnvorstellungen und Fiktionen hatten sich in seinem Hirn vermischt. Er konnte nicht mehr zwischen Realität, Fiktion und Traum unterscheiden und gab auf. „Ich kann nicht mehr!" sagte er nur noch und ließ sich anstandslos von dem Mediziner eine Spritze geben, die ihn augenblicklich in einen traumlosen Schlaf versetzte. Als er wieder aufwachte, lag er im Bett seines Schlafzimmers in Dibbersen. Maria, Sascha und Ian standen an der Tür und unterhielten sich leise. Wie konnte das passieren? War er wahnsinnig geworden? „Pst! Er kommt wieder zu sich!" Maria wollte nicht, dass er sich unnötig aufregte. Jetzt bemerkte Andreas auch den Polizeiarzt, der neben ihm saß und ihn anschaute. „Machen Sie sich keine Gedanken! Es ist alles in Ordnung mit Ihnen. Hören Sie nicht auf das dumme Geschwätz dieser Dilettanten!" Er drehte sich zur Tür und ließ durch die Blicke seinen Missmut erkennen, im Beisein eines Kranken solche Sachen zu sagen. „Ich habe Sie untersucht! Sie hatten ein starkes Rauschgift im Blut. Es hat bei Ihnen Halluzinationen ausgelöst, die so kräftig waren, dass sie kollabiert sind! Während wir Sie behandelten, klagte Stehler plötzlich über starke Schmerzen, fiel um und liegt jetzt auf der Intensivstation. Bei ihm wurde ein sehr seltenes Gift gefunden. Können Sie uns etwas dazu sagen?" Steffenson schloss die Augen und versuchte, seine Gedanken zu ordnen, was ihm jedoch nicht gelang. Dann hörte er die dunkle Stimme des Schotten, der sich jetzt in das Gespräch einmischte:

„Die beiden Männer im Flur! Erinnerst du dich nicht? Als sie dich angerempelt hatten, bist du verwirrt noch einen Augenblick stehen geblieben. Ich hab dich noch gefragt, ob du deine Katze gesehen hättest." Jetzt kamen flackernd die Erinnerungen zurück: „Stimmt! Ich habe sie vorher schon einmal gesehen. Sie waren es, die den Unfall auf Joachim verschuldet haben. Wohl auch nur eine pure Einbildung von mir. Es musste einen Dritten gegeben haben, der vom Dach aus auf den langsam fahrenden Dienstwagen geschossen hatte, in dieser Nacht am Rand vom Teufel. . vom Teufelsmoor!" Sein Kopf fiel zur Seite und tiefe Dunkelheit umgab ihn. „Ich hatte ihn gewarnt! Meinem Vater ist die weiße Frau aus den Highlands erschienen. Sie prophezeite ihm, dass es Unheil geben würde! Gefahrvolle Dinge würden auf dem südlichen Festland bevorstehen. Sie muss ihm wohl auch die Stadt genannt haben, die von einem steinernen Ritter bewacht wird: Bremen! Hier braut sich etwas zusammen, sag ich dir!" Mc Gobha saß mit Maria und Sascha in der angemieteten Polizeiwohnung. Sie hatten die Tür zum Schlafzimmer angelehnt, denn Andreas schlief immer noch sehr unruhig. Der Arzt war zurück im Amt und gerade hatten sie die Nachricht erhalten, dass Stehler zwar das Schlimmste überstanden hatte, aber noch in der Intensivstation lag. Zwei Polizisten standen zur Bewachung vor seiner Tür. „Die Kalters haben ihre Geschäfte mit der Hilfe von alten Seilschaften auf deine Insel verlegt. Zuerst gilt es, ihre Kommunikation aus dem Gefängnis nach draußen zu unterbinden." Sascha grübelte: „Ich frag mich, wie es möglich sein kann, dass die immer noch Anweisungen geben können . . . " er atmete tief durch, nahm sein Handy und wählte die

Nummer des Polizeichefs. Nachdem der ihm alle Fakten und Pläne erläutert hatte, wurde der fälschlicherweise verdächtigte Grassow wieder aus der Untersuchungshaft entlassen. Gleichzeitig ordnete er an, dass Kröger wieder die Leitung übernahm und wegen des weiteren Vorgehens beraumte er eine dringende Besprechung im Präsidium an. Die nun verdächtigten Beamten der Drogenfahndung wurden ab sofort von der „Internen" überwacht, um ihnen eine Verbindung zu ihrem früheren Chef, illegalen Machenschaften und letztendlich den Mordanschlag auf Stehler und Carlson nachweisen zu können.

Eine ganze Woche war vergangen und Steffenson musste immer noch das Bett hüten. Es ging ihm schon viel besser, die migräneartigen, vorher nie gekannten Kopfschmerzen waren zurückgegangen und der täglich nach ihm sehende Polizeiarzt gab endlich sein Einverständnis, das er wieder zurück ins Präsidium gehen konnte. Hier hatte sich in der Zwischenzeit viel ereignet. Man kannte nun die Schwachstelle im Gefängnis und überwachte jedes illegal geführte Telefonat von Mario Kalter, der die Fäden in der Hand hielt. Über seinen Rechtsanwalt ließ er Bezahlungen vornehmen und erteilte nach wie vor Anweisungen und Bestellungen, die jetzt jedoch von polizeilicher Seite begleitet wurden. Man wollte schließlich das immer noch bestehende Kartell endgültig zerschlagen. Maria, die mexikanische Frau von Steffenson, ließ ihre karibischen Beziehungen spielen und so bekamen sie endlich die Kontrolle über Carpenter, der einem Deal mit der Staatsanwaltschaft sofort zustimmte. Er nannte alle Daten, Adressen und die Namen der Frachtschiffe, die für die Transporte benutzt worden waren. Dafür bekam er Straffreiheit mit der

Auflage, sich nie wieder in irgendwelche illegalen Geschäfte einzulassen. Beim geringsten Verdacht, so hatte die karibische Verwaltung den deutschen Behörden zugesagt, würde er sofort verhaftet und eingesperrt. Spezialagenten bestückten nun beim Eingang von Bestellungen die angehefteten Woks mit weißem Stärkepulver und beschlagnahmten gleichzeitig die eingegangenen Gelder. Es war eine Frage der Zeit, wann die neuen Bosse in der alten Welt merken würden, dass kein Rauschgift und somit kein Nachschub mehr auf dem herkömmlichen Wasserweg kommen würde.

Die Kriminalpolizei musste sich vorhalten lassen, viel zu wenig auf das verseuchte Umfeld von Hauptkommissar Kalter, dem ehemaligen Chef der Drogenfahndung geachtet zu haben. Mario und sein ebenfalls inhaftierter Neffe Mathias hatten also mindesten diese beiden Beamten bestochen und weiter für sich arbeiten lassen. Doch wer hatte die tödlichen Schüsse auf das Dienstfahrzeug abgegeben? Man war sich einig darüber, dass man der Lösung nur mit der Festnahme der Taucher und Dealer im Hafen von Glasgow näher kommen könnte. Über sie würde man Erkenntnisse erhalten, die deren Strukturen offenbaren. Nur so würde es möglich sein können, diese hinterlistigen Schützen zu ermitteln. Davon war mittlerweile auch Horner überzeugt und stimmte zu, dass Steffenson, der über hervorragende Englischkenntnisse verfügte, zusammen mit dem schottischen Konstabler, Mc Gobha die Ermittlungen in Schottland aufnehmen sollte. Die Vorzeichen standen gut und alle Trümpfe waren auf Seiten der Ermittler, als die alles entscheidende Lieferung aus der Karibik unmittelbar bevorstand.

Die „M.S. Duncan" tauchte gerade in Sichtweite der vorgelagerten, schottischen Inseln, südlich von Arran auf, als man die letzte Info darüber bekam, an welcher Stelle die Taucher dem langsam fahrenden Frachter auflauerten und wo sie ins Wasser gehen würden. Hier, im Firth of Clyde war die Fahrrinne ziemlich schmal und forderte vom Kapitän und dem Lotsen äußerste Konzentration. Vom südlichen Zipfel der Halbinsel Kintyre, genauer von der Hafenstadt Campbeltown, war am frühen Morgen der diensthabende Lotse dem angekündigten Frachter entgegengefahren und mit dem Beiboot aufgenommen worden. Er war als einziger in das Vorhaben der Beamten eingeweiht und hatte dafür zu sorgen, dass die Taucher ungestört ihre Arbeiten verrichten konnten. Er stand mit dem Leiter dieser Aktion von der Brücke aus in Funkverbindung und konnte so die Arbeiten der Drogenfahndung entsprechend unterstützen. Die Aktion wurde zu einem überwältigenden Erfolg für die einheimische Drogenfahndung, die mit der Hilfe von Steffenson und seinen Erfahrungen und Träumen eng zusammengearbeitet hatten. Man wartete ab, bis die Taucher ihre Arbeiten an dem langsam fahrenden Frachter beendet hatten und mit ihrer Beute zurück an die Küste schwammen.

Der inhaftierte Mario Kalter, ehemaliger, suspendierter Hauptkommissar der Bremer Drogenfahndung und sein ebenfalls einsitzender Neffe Mathias hatten ein nicht zu unterschätzendes Drogen-Imperium aufgebaut. Die illegalen Geschäfte gerieten durch ihre Verhaftungen natürlich kurzfristig ins Stocken, denn der Nachschub aus der Karibik war aus erklärlichen Gründen versandet. Aus dem Gefängnis leiteten die Beiden immer noch das aufgebaute Kartell. Neue Beschaffungswege mussten her oder die alte Verbindung, die sich als sehr erfolgreich erwiesen hatte, musste irgendwie reaktiviert werden. Außerdem hatten sie Hauptkommissar Stehler und Andreas Steffenson auf die Abschussliste gesetzt und eine saftige Belohnung für denjenigen versprochen, der die unbeliebten Männer für eine gewisse Zeit oder für immer aus dem Verkehr ziehen würde. Die fruchtbare Zusammenarbeit zwischen den Schotten und der Kripo in Bremen hatte zu diesem überwältigen Erfolg gesorgt. Aber eine Frage blieb immer noch offen:

Wer koordinierte die Anordnungen und bezahlte die hierfür beauftragten Taucher, Dealer und nicht zuletzt die Killer für ihre scheußlichen Taten?

Andreas hatte eine Vermutung, die sich bald als richtig herausstellte. Man informierte die Kollegen der Bremer Drogenfahndung noch nicht von den Verhaftungen und sorgte dafür, dass keine Information nach außen drang. Die ausbleibende Lieferung und der unterbrochene Kontakt zu den Mittelsmännern lockten so die Hintermänner aus der Reserve. Zu offensichtlich und hartnäckig versuchte ein Beamter herauszufinden, warum Steffenson nach Schottland gereist war und ob das im Zusammenhang mit der verschwundenen Großlieferung des Frachters in Glasgow zusammenhing. Sofort wurde die angeordnete Telefonüberwachung der eingesperrten Kalters auch auf die privaten Anschlüsse dieses Beamten ausgeweitet. Die entstandene Unruhe im Drogendezernat an der Nordseeküste führte sie auf die richtige Spur. Die Versuchung schien dort unvergleichlich hoch zu sein. So kam man diesem wissbegierigen Beamten, dem leitenden

Stellvertreter der Drogenfahndung durch sein eigenes Verhalten auf die Spur. Man sammelte Beweise, Mitschnitte der Telefongespräche, Schwarzgeldkonten und übergab sie an die Staatsanwaltschaft. Die interne Ermittlung nahm den Beamten fest, nachdem die Beweislage eindeutig war. Mit seiner Verschwiegenheit und dem Insiderwissen seines ehemaligen Chefs hatte er dafür gesorgt, dass die Geschäfte weiterlaufen konnten. Man durchleuchtet nun auch seine früheren Kontakte. Es wäre wichtig, ob er schon damals von den Aktivitäten Kalters gewusst hatte, oder womöglich sein heimlicher Kompagnon gewesen war. Wie auch immer . . . . keiner hatte wohl wirklich mit Steffenson und dem hartnäckigen Highlander gerechnet.

Die Beweise waren erdrückend und die festgenommenen Taucher redeten wie Wasserfälle und erklärten, dass sie nie gewusst haben wollten, dass es sich um illegale Geschäfte gehandelt hatte. Es blieb nun die Aufgabe der Richter, hier ein endgültiges Urteil zu fällen. Steffenson hatte seine Aufgabe in Schottland erfüllt und hält auch von Dibbersen noch weiterhin einen engen Kontakt mit dem Konstabler, den er seit dieser Zusammenarbeit wie einen seelenverwandten Bruder ansieht.

Dieser Fall und der damit verbundene Drogentransport mit Schiffen waren geklärt. Steffenson wurde jetzt nicht mehr wegen seiner seltsamen Träume verhöhnt.

Die weisse Traumkatze
Steffenson wird herausgefordert

Hauptkommissar Stehler hatte die bisherigen Berichte von mehreren neuen Mordopfern, die man in den letzten Wochen aufgefunden hatte, seinem Freund Steffenson zur Ansicht und Bewertung zukommen lassen. Andreas war mit seiner kleinen Familie für knappe 20 Tage an die Ostsee im Urlaub gewesen und konnte deshalb nicht direkt an den Fundorten zugegen sein. Die Zeit drängte jetzt und mit ihr der Staatsanwalt, der die Tatsache, dass es in seinem Verantwortungsbereich in den letzten Tagen fast wöchentlich zwei weitere Tote gab, konnte und wollte er nicht hinnehmen. Die Presse berichtete schon von der Unfähigkeit der Beamten, die immer noch keine heiße Spur verfolgten. Und tatsächlich hatten sie Recht! Es gab keinen Hinweis. Nicht den kleinsten Anhaltspunkt! Die große Hoffnung lag nun an Steffenson, der bisher immer wieder den richtigen Riecher gehabt hatte.

Andreas las die Unterlagen aufmerksam bis spät in die Nacht immer wieder durch und schlief anschließend müde und abgespannt sofort ein, in der hoffnungsvollen Erwartung, dass sich seine kleine Traumkatze im Schlaf zeigen und ihm die Lösung präsentieren möge. Als er am Morgen zerknirscht aufwachte, spürte Maria sofort seine Enttäuschung. „Morgen, mein Schatz. Gut geschlafen?" Andy schüttelte den Kopf: „Der neue Fall!" antwortete er nur und ging ins Bad. Seine Frau folgte ihm: „Und?" Er hob die Schultern, während er die Zahnbürste mit der weißen Paste bedeckte. „Nichts! Ich versuch von ihr zu träumen, aber sie kommt nicht!"

Maria nickte: „Si! La gata esta en vacaciones! (Die Katze ist in Urlaub!)" Mürrisch steckte Andy seine Zahnbürste in den Mund und murmelte kaum verständlich: „Mach noch Witze!" Sie lächelte, drehte sich um und ging zurück ins Schlafzimmer, um die Betten abzudecken. Dann öffnete sie vorsichtig die Tür zum Kinderzimmer, aber Pablo schlief noch fest. Als sie wieder ins Bad kam, stand Andy unter der Dusche und stützte sich mit beiden Händen an der Wand ab. Er ließ das warme Wasser über seinen Kopf und den Rücken rieseln. Sie sprach ihn an, aber er reagierte nicht. Er nickte und schien aufmerksam irgendwem zuzuhören. Sie ahnte sofort, dass er in Gedanken versunken war. Es musste sich um die weiße Katze handeln, die ihn doch noch besuchte. Andreas hatte schon einmal in einem früheren Fall Tagträume gehabt. Deshalb ließ sie ihn alleine und ging ins Gäste Bad, um ihn nicht weiter zu stören.

Sie hatte Pablo, den gemeinsamen Sohn geweckt und beide saßen jetzt wartend in der Küche, als oben immer noch das Wasser lief. „Papa?" fragte Pablo und Maria, die oft in ihrer Muttersprache mit dem Kleinen sprach, antwortete ihm: „Si, esta tu padre!"

Der Kaffee war durchgelaufen, die Eier gekocht und der Frühstückstisch fertig gedeckt, als das Duschwasser oben endlich abgestellt wurde. Andy polterte aufgeregt die Treppe hinunter und kam, nur mit einem Handtuch um die Lenden gewickelt, tropfend nass in die Küche und nahm Maria in die Arme. Er atmete erleichtert auf und sie ahnte, dass er einer Lösung seines Problems ein Stück näher gekommen war. Er lief die Treppe wieder hoch und rief dabei: „Ich zieh mich an, wartet mit den Frühstück!" Pablo sah seinen Vater hinterher und Maria erklärte ihm:

„Na, endlich geht es ihm wieder besser!"
Frohen Mutes rief er im Kommissariat an: „Joachim?
Steht alles, was ihr über die Toten herausgefunden habt,
in den Unterlagen? Ich meine damit . . . wirklich alles?"
Stehler hatte seit Tagen auf diesen Anruf gewartet. Er
stellte den Lautsprecher an seinem Telefon auf „laut" und
schaute zufrieden und mit einer nickenden, bestätigenden
Geste in die Gesichter seiner anwesenden Mitarbeiter.
Es war das erste Mal, dass er ihm wirklich nicht alle
Unterlagen und Erkenntnisse offenbart hatte. Seine
Abteilung war in dieser Sache ins Stocken geraten.
Steffenson würde eine logische Erklärung liefern, dazu
brauchte er seine Träume, das war allen bekannt. Man
wollte seine Bestätigung und die bekamen sie nun! „Na?
Überlegst du noch, wie du mir erklären sollst, was ihr
überhaupt erreicht habt? Ihr fischt im Trüben und ahnt,
dass da mehr hinter steckt, als es den Anschein hat,
stimmt's?" Der Kriminalbeamte schloss die Augen und
musste diese Frage neidlos bejahen: „Spann mich nicht
auf die Folter! Du hast mir selbst einmal gesagt, dass du
dir ein eigenes Bild machen willst. Also, was denkst du?"
Nach einer kurzen Pause meldete sich Steffenson wieder:
„Über den letzten, aktuellen Fall? Oder darüber, dass es
Zusammenhänge mit den anderen Ereignissen gibt? Was
willst du wissen?" Joachim atmete erleichtert auf, denn
sein Freund hatte mit Sicherheit seine Version über die
Tathergänge. Er überging die förmlichen Floskeln, denn
dazu kannte er Andreas zu gut: „Wann kannst du bei uns
sein? Wie du sicherlich weißt, lässt mir der Staatsanwalt
keine ruhige Minute mehr!" Die Antwort kam prompt:
„Hast du nicht auf das Display deines Telefons geschaut?
Ich ruf vom Handy aus an! Ich steh hier unten und komm

nicht rein, die Tiefgarage ist geschlossen!" Joachim ging zum Fenster und winkte ihm zu: „Bin sofort bei dir!" Dann legte er den Hörer auf, nahm den Transponder, mit dem er alle Türen innerhalb des Gebäudes öffnen konnte und lief zum Fahrstuhl. Kurze Zeit später kamen die beiden Männer ins Büro. Nach einer kurzen Begrüßung schauten ihn die anderen Beamten neugierig und erwartungsvoll an. Steffenson musste unwillkürlich lächeln: „Ihr wolltet mich diesmal testen, stimmt`s? Ist das nicht gewagt von euch, wenn es doch so arg eilt?" Die Anspannung wich aus ihren Gesichtern und sie tauschten Thesen und Vermutungen aus, nachdem Andy die anderen, ausstehenden Beweise intensiv studiert hatte. Andreas erklärte überzeugend, dass der ihm zuletzt vorgelegte Fall nicht isoliert gesehen werden konnte. Er war durch die Träume seiner weißen Katze davon überzeugt, dass hier ein Einzeltäter am Werk war, der für die letzten Morde und Gewaltverbrechen verantwortlich sein musste. Die Kaltblütigkeit, mit der er vorging, ließ auf eine gewisse Routine schließen. Als man ihm einen weiteren aktuellen Fall präsentierte, ging Steffenson in ein leerstehendes Büro und versank in den Akten. Gezielt suchte und fand er auf Anhieb gleiche Strukturen und Abläufe, die der Täter durch leichte Variationen zu vertuschen suchte.

Er machte sich Notizen, schrieb Adressen auf und legte detailliert fest, wie man besser, vor allem Dingen aber rationaler vorankommen konnte. Es war natürlich nur sein Vorschlag, aber da Stehler mit der Mannschaft auf der Stelle trat, nahm man den Vorschlag sofort dankend an. Beamte von der Sitte und dem Betrugsdezernat wurden abgestellt. Sie sollten unvoreingenommen die einzelnen Fälle völlig neu bewerten und analysieren. Unabhängig voneinander wurden nun mehrere Gruppen damit beauftragt, die vergangenen, unaufgeklärten Mordfälle darzustellen und ihre Version des eventuellen Ablaufes in einem neuen Bericht zusammen zu stellen. Nach einer Woche waren sie soweit, kamen alle zusammen und präsentierten einzeln ihre Ergebnisse. Alle Fakten, Fotos und Berichte wurden auf einer großen Pin-Wand angeheftet. Endlich fand man die, von Steffenson vermuteten Gemeinsamkeiten: Alle Ermordeten waren nicht unvermögend und kurz vor ihrem Tod um große Geldbeträge, sowie wertvollen Schmuck erleichtert worden. Trotz intensivster Suche bei Juwelierhändlern, Leih.- und Pfandhäusern sowie einschlägig bekannten Dealern wurden die Schmuckstücke nicht aufgefunden. Die neuen Beamten hatten ihre Aufgabe hier erledigt und konnten wieder zu ihren Dienststellen zurückkehren. Die Mordkommission sah jetzt alle Querverbindungen und wollte gezielt jede neue Spur abarbeiten. Als die ersten Ergebnisse dem Staatsanwalt mitgeteilt wurden, tauchte in der Eingangspost des Polizeireviers ein anonymer Brief auf. „Keine Fingerabdrücke! Wir haben ihn im Labor routinemäßig behandelt. Kein Sprengstoff, kein Gift! Es ist wohl nur ein Schreiben enthalten, hier! Das ist an Sie gerichtet!" Der Bote übergab Steffenson den offenen Umschlag. Er nahm den Inhalt heraus und schaute den Mann an: „Ihr kennt den Inhalt?" Er nickte: „Natürlich! Wir mussten doch auch das Schreiben auf Abdrücke überprüfen. War ohne Erfolg, der Absender scheint ziemlich clever zu sein!" Frech und überheblich griff man da seine Methoden an. Steffenson las den Inhalt laut vor: „Ich gehe davon aus, dass Sie ein Nichts sind und nur durch Zufälle bisher der Kriminalpolizei helfen konnten. Keiner glaubt Ihnen doch wirklich diesen Schwachsinn mit der angeblichen Traumkatze, die Ihnen sachdienliche Hinweise gibt. Beweisen Sie ihr Können! Versuchen Sie, mich zu überführen . . . wenn Sie dazu in der Lage sind!" Steffenson musste lächeln. Er war es doch gewesen, der am Anfang seiner Träume die größten Zweifel daran gehabt hatte und nicht glauben konnte, was sich daraus entwickeln könnte . . . . bis er eines Besseren belehrt worden war! Nicht nur einmal . . . mehrfach! Mittlerweile wusste er genau, wie er sich in diesen Dämmerzustand versetzen konnte, der ihm die Möglichkeit dazu gab, sich von dem vierbeinigen Tier im Traum helfen zu lassen.

„Was nun?" fragte Stehler, der aufmerksam zugehört hatte. „Hier, mehr steht da nicht!" Andreas setzte sich bequem in den gepolsterten Drehstuhl, warf seinem Freund das geöffnete Schreiben hin, lehnte sich zurück und verschränkte die Arme im Nacken. Während Joachim kopfschüttelnd die Zeilen überflog, drehte sich Andy um und schaute Bülow an, der neben dem Kaffeeautomaten stand: „Bist du so lieb und machst mir auch eine Tasse?" Lediglich die Bemerkungen von Steffenson, der immer wieder in seinen Träumen von nur einem einzigen Täter gesprochen hatte, ließen den vagen Schluss zu, dass man tatsächlich nach einem Massenmörder suchen sollte. Mit diesem Bekennerschreiben hatte man dafür nun die erste Bestätigung. Als Stehler das Schreiben langsam zurück auf den Tisch legte, sah ihn sein Freund schmunzelnd an. Andy hob seine Tasse Kaffee und schlürfte genüsslich das heiße Getränk. Allein durch diesen Brief waren seine letzten Träume bestätigt worden. Da alle in Gedanken versunken nach einer Lösung suchten, schaute Andy seinen Freund an: „Wie geht's jetzt weiter? Du bist der Chef!" Steffenson forderte damit den Kripobeamten auf, den Inhalt des Briefes zu bewerten. „Das geht nicht! Das können wir unmöglich so handhaben. Wieso verlangt dieser Wahnsinnige das von dir?" Joachim schien noch etwas dazu sagen zu wollen, doch Andreas hob warnend seine Hand und zeigte auf Sascha, Joachim und sich selbst. Dann legte er seinen Zeigefinger auf die Lippen und deutete an, in das ungenutzte Büro neben der Registration zu wechseln. Er nahm seine Tasse und ging voraus. Die beiden Beamten folgten ihm erstaunt und erst, als sie die Tür des leerstehenden Raumes hinter sich geschlossen hatten, erklärte Steffenson sein Handeln: „Erstens, er ist sehr gut informiert!" Nach einer kurzen Pause fügte er hinzu: „Für meine Begriffe, viel zu gut und aktuell! Ich gehe davon aus, dass er aus unserer Abteilung ist!" Als die beiden Beamten protestieren wollten, nickte Andy: „Ich weiß, das ist starker Tobak, aber es ist die einzige Erklärung für diesen Brief. Ich lese zwischen den Zeilen, dass der Verfasser auf dem neusten Stand ist und nur allzu gut unseren augenblicklichen Ermittlungsstand kennt. Nun gut, überlegen wir mal weiter: Zweitens, es muss jemand sein, dem ich auf die Füße getreten bin, wissentlich oder unbedacht, lassen wir einmal dahingestellt. Es muss zudem jemand sein, der daran interessiert ist, mich zu denunzieren und als Lügner unglaubhaft darzustellen. Mein Vorschlag wäre, ich lasse diesen Menschen wissen, dass ich mit meinem Latein am Ende bin und ermittle dann verdeckt weiter. Nur wir drei dürfen uns darüber austauschen, solange wir nicht wissen, wer dahinter stecken könnte. Er will das doch nach außen hin nach einem Vermögensdelikt aussehen lassen, vielleicht ist das ein erster Ansatz. Er vertuscht durch die Herausforderung wahrscheinlich, dass er Schulden hat. Gab es einen offenen Kritiker aus deiner Mannschaft, der sich nicht damit abfinden wollte, dass ich, als Autodidakt ohne Polizeischule, in die schwierigen Fälle eingebunden wurde?" Andreas hatte damit gezielt eine wichtige Frage an den Leiter der Mordkommission gestellt. Stehler rieb sich mit der rechten Hand verträumt die Kinnspitze: „Das glaub ich nicht!" war seine lapidare Antwort und Andy konterte sofort: „Du willst das nicht glauben, aber es ist die einzige Möglichkeit! Mach mir eine Liste von allen, die Einsicht in die vergangenen Fälle hatten. Wenn meine Vermutungen bekannt werden sollten, so werden wir diesen Maulwurf niemals fassen können. Ich glaube nicht, dass er weiter zuschlägt, wenn ich, unglaubwürdig gemacht, nicht mehr beratend zur Seite stehe." Stehler drehte sich um: „Das ist die Lösung! Ich werde in einer offenen Mitteilung an alle hier im Präsidium erklären, dass mangels Vertrauen die weitere Arbeit mit dir unzumutbar erscheint! Du müsstest dann theatralisch das Feld räumen, vielleicht auch fluchend hier rausgehen und dich bedeckt halten. Nur Sascha und ich werden wissen, dass es ganz anders ist." Steffenson hatte die Augen geschlossen und murmelte: „Du verlangst viel, aber genau daran hab ich auch gedacht. Nur so werden wir diesen Miesling aus der Deckung locken." Stehler nahm einen Zettel und schrieb eine Telefonnummer auf. „Das ist mein privates Handy! Wenn wir uns verabreden, dann nur darüber. Sollten wir dich sprechen wollen, so kommen wir nach Feierabend bei dir in Dibbersen vorbei. Und nun voran! Alle in den Besprechungssaal! Ich habe eine wichtige Mitteilung an alle zu machen!" Eine halbe Stunde später waren die Beamten des Präsidiums versammelt. Im Besprechungssaal hatte man sogar seitlich alle Türen geöffnet, da nicht alle auf den Sitzen einen Platz gefunden hatten. Die Ansprache war knapp und deutlich. Wie abgesprochen, spielte Steffenson den enttäuschten und verkannten Helfer, der resigniert und wutentbrannt seine wenigen Sachen packte und grußlos das Gebäude verließ. Die meisten Beamten verdrehten die Augen: „Das war jetzt so wichtig?" Sie gingen zurück an ihre Arbeit. Aufmerksam versuchte der Leiter eine Reaktion, ein befriedigendes Lächeln von einem der Beteiligten zu bemerken, aber alles blieb normal. In seinem Büro stand das Telefon jetzt nicht mehr still. Manche wollten einfach ihre Meinung dazu sagen und anmerken, dass auch sie von der erfolgreichen Arbeit des freien Mitarbeiters profitiert hätten und zeigten sich enttäuscht über den Entschluss, den er gefasst hatte. Dann meldete sich der Staatsanwalt, dem dieser Entschluss zugetragen worden war. Er gab sich verwundert, dass eine solche Aktion nicht vorher mit ihm abgesprochen war, zeigte sich im Nachhinein aber dennoch einsichtig, als ihm der Leiter erklärte, dass er seine Gründe für dieses Vorgehen hätte. Tatsächlich kamen danach ruhige Wochen, ohne einen weiteren Mordfall. Mit Hochdruck versuchte Stehler zwar, die ungeklärten Fälle aufzuklären, aber man kam nicht einen Millimeter weiter voran. Hoffentlich würde sich Steffenson mit seinen Träumen an die Fälle annähern können. Er war zuversichtlich, dass sich sein Freund bald auf dem privaten Handy melden würde.

Andreas war in die Berichte und Akten der Dienststelle vertieft, die er mit nach Hause genommen hatte. Er widmete sich ausgiebig den zuletzt geschehenen, bekannten Morden. Seine Träume waren zwar nicht ausgeblieben, ergaben aber für ihn keinen Sinn. Immer wieder träumte er vom Präsidium, sah sich am Kopierer stehen oder war in einer Besprechungen mit Stehler und den Kollegen. Er konnte daran nichts Ungewöhnliches finden, was seine Aufmerksamkeit erregt hätte. Jedenfalls war das so bis zu diesem Abend . . . . in jener Nacht träumte er zwar wieder dasselbe, aber zum ersten Mal wurde er auf einen Schatten aufmerksam. Ein zuerst schemenhaftes Bild! Dann wurde es klarer: es war der Kollege Kröger. Er attackierte ihn mit nie vorher bemerkten, wütenden Blicken. Auf einmal fiel es ihm wie Schuppen von den Augen: Michael Kröger war nach dem Tod des Kollegen Carlson darauf ausgewesen, die rechte Hand und damit der Vertreter von Stehler zu werden. Wie enttäuscht muss er gewesen sein, als man Bülow aus der IT in das Team der Mordkommission geholt hatte. Er war, wenn Steffenson jetzt gezielt und angestrengt darüber nachdachte, in letzter Zeit nicht mehr so motiviert gewesen und hatte die Festanstellung von Steffenson mit Argwohn betrachtet. Jetzt sah er auch die Äußerung Krögers in einem ganz anderen Licht. Der hatte damals scherzhaft gesagt, dass man jetzt bald auch Medizinmänner aus Afrika ins Dezernat holen könnte. Man hatte zwar darüber herzhaft gelacht und diese Äußerung dem reichlichen Alkoholgenuss des langjährigen Kollegen zugeschrieben, aber unter den neuen Umständen . . . . Je mehr sich Steffenson in seiner Erinnerung jetzt mit dem Kollegen befasste und darüber

nachdachte, gab es tatsächlich immer wieder große Unstimmigkeiten mit Kröger, aber kam da ein Mord in Frage? Oder besser gesagt, würde Kröger so weit gehen und wegen einer solchen Lappalie diese Morde begehen? Völlig undenkbar! Oder doch nicht? Steffenson musste sich das private Umfeld des verdächtigen Kollegen näher anschauen! Er musste Klarheit haben, bevor er solche Behauptungen aufstellen konnte. Noch konnte er seine vagen Vermutungen nicht an die beiden eingeweihten Kollegen weitergeben. Stichhaltige Beweise mussten her! Er wusste, dass Kröger in Langwedel wohnte und beschattete dort ab sofort jeden Abend in der einsamen Straße sein Haus. Jedoch ohne Erfolg. Bis jetzt war Kröger nach Feierabend immer nach Hause gekommen und sofort im Haus für die ganze Nacht verschwunden. Mit einer blonden Perücke und seinem hellen Mantel saß Steffenson im Auto. Er kannte er sich selbst im Spiegel kaum wieder. So saß er auch an diesem Abend wieder in dem geliehenen Geländewagen zweihundert Meter vom Eingang der Kollegen-wohnung entfernt. Noch hatte er keinen Plan und wollte individuell auf die Dinge reagieren, die sich da hoffentlich ereignen würden!
Da kam endlich der klapprige, alte VW des Kollegen, Kröger stieg aus und öffnete das Tor, um den Wagen in der Blechgarage zu parken. Danach verschloss er umständlich die angerostete Tür und ging zügig ins Haus. War das schon wieder alles? Steffenson verfluchte schon seine Idee und wollte gerade sei Auto wieder starten, um diese unnütze, private Aktion ein für alle Mal abzubrechen, als diesmal unerwartet der Kollege wieder das Haus verließ und in die zweite Garage ging. Dort startete er ein anderes Auto und fuhr durch das immer

noch geöffnete Tor zurück auf die Straße. Damit hatte er nicht gerechnet! Das Garagentor senkte sich automatisch und verriegelte. Verwirrt schaute Steffenson auf den Sportwagen, der so gar nicht zu dem biederen Beamten zu passen schien. Andy wendete sofort seinen Leihwagen und verfolgte den Kollegen in gebührendem Abstand. „Wahrscheinlich hat der eine Freundin und alles erklärt sich von alleine! Vielleicht ist es doch alles ganz harmlos, " dachte Andy als er schemenhaft seine kleine, weiße Traumkatze neben sich auf dem Sitz sah. Sie streckte sich, krallte ihre Vorderpfoten ins Armaturenbrett und fauchte hinter dem Wagen her. Kein Zweifel! Er musste auf der richtigen Spur sein! Kröger fuhr bei Verden über die Weser in Richtung Bremen auf der kleinen Landstraße in Richtung Achim. Wollte er zu ihm? Der nächste Ort war Dibbersen und Andreas zögerte. Sein Herz schlug ihm bis zum Hals, als sie Holtdorf hinter sich gelassen hatten. Es war mittlerweile schon so dunkel geworden, dass er sein Licht einschalten musste. Wenn Kröger die nächste Abfahrt nehmen würde, könnte es keinen Zweifel mehr geben . . . ahhh, doch nicht!! Ein Stein fiel ihm vom Herzen, als der Vorausfahrende die kleine Straße weiter Richtung Achim nahm. Jetzt noch die Brücke über die Weser und dann . . . . nichts dann! Kröger bremste mitten auf der einsamen Brücke den Sportwagen ab, stieg aus und kam mit gezogener Dienstwaffe direkt auf Steffenson zu. Andreas konnte ebenfalls gerade noch rechtzeitig auf die Bremse treten und mit der rechten Hand die falschen Haare vom Kopf ziehen, als Kröger auch schon neben der Fahrertür stand und ihn zum Aussteigen zwang. Alle Möglichkeiten einer Flucht schossen ihm währenddessen durch den Kopf.

„Ich mache mir Sorgen um Andy, er ist also nicht bei euch im Revier?" Maria hatte Hauptkommissar Stehler auf seinem privaten Handy angerufen, denn zu dieser Zeit musste sie davon ausgehen, dass keiner mehr im Amt war. Joachim Stehler musste irritiert eingestehen, dass sich sein Freund wohl eigenmächtig und ohne Abstimmung mit ihnen auf einen gefährlichen Alleingang eingelassen hatte. „Maria, beruhige dich erst einmal und dann erinnere dich: Wo wollte er denn hin? Hat er nichts gesagt? Nichts angedeutet?" Die besorgte Frau sah sich nicht im Stande, einen klaren Gedanken zu fassen. Es war jetzt fast Mitternacht. So lange war Andy noch nie weggewesen, ohne seiner Frau zu sagen wohin er mit wem gefahren war. Sie schluchzte unkontrolliert los: „Das habt ihr jetzt davon, dass ihr ihn nicht mehr zu euch ins Amt lasst! Hat er sich nicht richtig verhalten? Mit mir redet er seit seiner Entlassung nicht mehr darüber. Was soll ich also wissen?" Während Stehler nach seiner Jacke griff und sich hineinzwängte, klopfte er an das milchige Glas der Trennwand, um Bülow in sein Büro zu holen. Es klopfte und Sascha stand in der Tür. Während Stehler noch versuchte, Maria zu trösten, gab er seinem Kollegen ein Zeichen, seine Dienstwaffe zu holen und sofort zurück zu kommen. Sie mussten nach Dibbersen! Sofort! Andreas hatte sich zuhause seit Stunden nicht mehr gemeldet. Sascha kam ins Büro zurück: „Wer war am Telefon? Andreas?" „Nein, seine Frau Maria. Sie weiß nicht, wo er steckt." Joachim nahm seine schusssichere Weste und die Dienstwaffe, löschte das Licht und begleitete Bülow nach unten. „Warte, ich sag noch an der Zentrale Bescheid, wo wir zu erreichen sind!" Nach zehn Minuten saßen sie im Dienstwagen in der Tiefgarage und nach einer Viertelstunde gingen sie den Kiesweg zu der Villa in Dibbersen hoch. Als der Bewegungsmelder die Außentreppe beleuchtete, öffnete Maria die Eingangstür. „Hat er sich in der Zwischenzeit gemeldet?" Die Frau schüttelte enttäuscht den Kopf, drehte sich um und ging ins Wohnzimmer. „Sascha kann sich nach Hinweisen in Andys Arbeitszimmer umsehen, bist du einverstanden?" Maria nickte teilnahmslos und ließ sich in den Ledersessel fallen. Sie hatte dunkle Ränder unter den Augen. Stehler erfuhr von ihr, dass sich Andreas eine blonde Perücke besorgt hatte und mit einem hellen Mantel jeden Abend in einem Leihwagen fortgefahren war. Das einzige, an das sich Maria erinnerte, waren seine letzten Worte: „Wenn ich es heute Abend nicht schaffe, etwas über ihn herauszubekommen, breche ich die Aktion ab. Das ist ein ganz gerissener Fuchs, dieser Kröger!" Da es sich jedoch dabei um einen Kollegen der Mordkommission gehandelt hatte, war Maria davon ausgegangen, dass ihr Mann auf dem Revier sein würde. Wozu er dabei seine seltsame Verkleidung benötigte, war ihr allerdings schleierhaft. Sie schaute Joachim an: „Willst du einen Kaffee?" Maria stand auf und wollte in die Küche gehen, als ihr Bülow begegnete und einen Zettel in der Hand hielt. Stehler nickte ihr zu: „Wenn es keine Umstände macht, so könnte ich jetzt einen kräftigen Schluck vertragen!" „Kaffee oder Whisky?" war ihre Gegenfrage und Joachim musste lächeln: „Wegen dem Kräftig? Nein, so hab ich das nicht gemeint! Kaffee natürlich, ich muss noch fahren!" Dann blickte sie Sascha auffordernd an und zeigte auf die leere Tasse, die sie in der Hand hielt. Bülow nickte und Maria ging in die Küche. „Fündig geworden?" Stehler kannte seinen

Kollegen nur zu gut und zeigte auf das Papier, das Sascha auf den Tisch gelegt hatte. „Andreas hat akribisch alles aufgeschrieben, zu unserem Glück. Er hat in der letzten Woche täglich vor Krögers Haus gewartet aber bis jetzt scheint er noch nichts herausgefunden zu haben!" Stehler nahm das Schreiben, es waren handschriftliche Notizen von Sascha: Die Adresse des verdächtigen Kollegen, Uhrzeiten und Daten . . . nichts Verdächtiges. Bis zu diesem Abend. „Sollen wir zu Krögers Haus fahren? Vielleicht ist Andreas im Auto eingeschlafen." Als Sascha den vorwurfsvollen Blick seines Chefs sah, ergänzte er schnell: „Ja, wenn der sich in der letzten Woche jeden Abend um die Ohren geschlagen hat!"

Maria kam mit dem Kaffee herein und nachdem sie die Tassen geleert hatten, erklärten sie ihr, was sie jetzt vorhatten. Sollte sich Andreas in der Zwischenzeit bei ihr melden oder zurückkommen, sollte sie sofort Stehler auf seinem mobilen Telefon davon informieren. Die beiden Beamten verabschiedeten sich und gingen zurück zum Wagen. Als sie wenig später am Haus des verdächtigen Kollegen durch die einsame Straße entlang fuhren, war von dem erwähnten Leihwagen und Steffenson nichts zu sehen. Am oberen Ende der Straße wendeten sie und entschlossen sich, in gebührendem Abstand im Auto zu warten. Irgendetwas musste sich in den nächsten Minuten oder Stunden doch ereignen.

Unterdessen war Andreas ausgestiegen, hatte die Fahrertür hinter sich geschlossen und lehnte sich dagegen. Kröger hielt ein wenig Abstand zu ihm, damit man ihm nicht mit einem unerwarteten Sprung seine Waffe entwenden konnte, die er mit beiden Händen in Brusthöhe auf ihn gerichtet hatte. Kröger sah ihn dabei kalt und hasserfüllt an. „Na? Bist du also meiner Aufforderung nachgekommen und hast den Zweikampf aufgenommen. Und jetzt, du Träumer? Was jetzt! Du hast verloren. Man wird dich auf den Schienen finden, aber es wird Tage dauern, bis man dich identifiziert hat. Du kannst dir doch lebhaft vorstellen, wie du aussehen wirst, wenn ein paar Züge über dich hinweggerollt sind! Meinst du allen Ernstes, dass ich dich jetzt wieder laufen lasse? Jetzt, wo du fast alles weißt?" Andreas antwortete: „Ich hatte doch Recht! Stehler wird meine Aufzeichnungen finden. Du wirst damit nicht durchkommen!" Kröger schüttelte den Kopf und grinste ihn frech an: „Die Masche kenn ich! Du bluffst nur!" Er ließ sich nicht erweichen, drehte ihn ruckartig um und fesselte seine Hände auf dem Rücken. Als sich Andy wieder zu ihm umdrehen wollte, schlug Kröger unvermittelt mit dem Knauf seiner Dienstpistole zu. Steffenson verlor das Bewusstsein und sackte neben dem Wagen in sich zusammen. Er kam erst wieder zu sich, als er bäuchlings auf dem Geländer hing. Der ehemalige Kollege schrie ihn an: „Ich wollte das nicht! Ich schwöre! Du bist an allem schuld! Wieso fährst du mir hinterher? Ich denke, du bist aus dem Rennen?". Ein Auto kam langsam an ihnen vorbei. Kröger reagierte sehr schnell und hielt dem Fahrer seinen Dienstausweis entgegen. „Polizeieinsatz! Fahren Sie weiter, hier gibt es nichts zu sehen!" Der Mann schien verängstigt und gab Gas. Er dachte wohl tatsächlich, dass es sich um eine ganz normale Verhaftung handeln würde. Jetzt drehte sich der verzweifelte Beamte wieder zu ihm: „Das blöde Casino! Ich habe Schulden, aber das scheinst du ja sowieso schon alles zu wissen! Ist deine Katze wirklich so schlau?"

Er schaute ihn an, aber seine Gedanken schienen schon weit entfernt zu sein. Kröger wartete die Antwort nicht ab und Steffenson, immer noch benommen von dem wuchtigen Schlag, musste sich seinem Schicksal wehrlos ergeben. „Ich hatte alles so gut bedacht! Keiner würde mich überführen! Keiner! Und du schon gar nicht! Ich war mir meiner Sache sehr sicher, sonst hätte ich dir diesen blöden Brief mit der Aufforderung doch nicht geschrieben und ins Amt geschickt!" Er hob den Wehrlosen noch weiter hoch und Andy verlor fast das Gleichgewicht und wurde nur noch von seinem Peiniger mit einer Hand an der Schulter gehalten. „Aus, vorbei! Hätte ich wenigstens zu ihm gesagt, was ich vorhatte!" dachte Steffenson, der innerlich mit dem Leben abschloss. Lichtblitze zuckten durch sein Hirn, er sah den Palmenstrand in der Karibik, dachte an Maria und Pablo, an die anderen Kollegen der Kriminalpolizei und ihre erfolgreiche Zusammenarbeit. . . . . . sollte sein Leben jetzt und hier zu Ende sein?

Da sprang plötzlich aus der seitlichen Böschung ein Ungetüm von Katze laut schreiend und wie aus dem Nichts direkt ins Gesicht von Kröger. Der schrie überrascht und verzweifelt auf und riss im Fallen Steffenson mit sich zurück auf den Gehweg. Die Dienstpistole fiel neben beiden auf den Bordstein und rutschte in eine feuchte Regenlache. Die Katze hatte Schaum vor ihrem Maul und schien nur Augen für den liegenden Beamten zu haben. Sie sah riesig aus, mit den abstehenden Haaren wirkte sie eher wie ein Wesen aus der Unterwelt. Sie fauchte Kröger erneut an und sprang ihm wieder ins Gesicht. Mit den Vorderpfoten krallte sie sich an seiner Stirn fest, während sie ruckartig mit den

Hinterbeinen seinen Mund, die Nase und seine Brust attackierte. Er war nicht im Stande, sich aus den Krallen des Tieres zu befreien. Steffenson hörte Schreie, die er bisher nur aus dem Zoo kannte, wenn Raubtiere gefüttert oder geärgert wurden. Wahnsinnig vor Schmerzen schlug Kröger um sich, stand auf und rannte unkontrolliert mit dem wilden Ungeheuer, das sich in seinem Gesicht festgekrallt hatte, auf das Geländer zu. Die Wucht des Aufpralls war so groß, dass er augenblicklich das Gleichgewicht verlor und über das Geländer in die Tiefe stürzte. Augenblicklich war Ruhe und sehr kurz danach hörte man einen dumpfen Aufprall.

Der Spuk war so schnell vorbei, dass Steffenson erst jetzt realisierte, das es eine schwarze Katze gewesen war, die sein Leben gerettet hatte. Mühsam versuchte er aufzustehen, als ein Wagen neben ihm stehenblieb und der Fahrer ausstieg: „Sind Sie verletzt?" Steffenson konnte nicht antworten. Der Schock saß ihm zu tief in den Knochen. Als der Mann versuchte, ihn hochzuheben und dabei feststellte, dass er Handschellen trug, sagte Andy gerade noch geistesgegenwärtig:

„Stehler! Rufen Sie Hauptkommissar Stehler von der Mordkommission Bremen an!"

Dann verlor er das Bewusstsein, rutschte in eine sitzende Position und lehnte mit dem Rücken am Geländer, während man die Polizei per Handy hierher rief. Andreas wurde von einem wilden Traum geschüttelt. Er sah sich hilflos seinem ehemaligen Kollegen ausgeliefert, der nun mit wirrem Blick über ihm kniete: „Du musst sterben!" schrie er mit lauter Stimme: „Steffenson, du hast meine Pläne durchkreuzt und mir alles genommen!" Andreas schlug mit den Armen um sich, als wollte er die

Traumwesen zum Schweigen bringen. Dann drangen quietschende Autoreifen und ein Stimmengewirr an sein Ohr. „Rede endlich, Steffenson!" Mühsam versuchte er seine Augen zu öffnen. War Kröger wieder bei ihm? Hatte er den tiefen Sturz etwa unbeschadet überstanden? Ging der Alptraum wieder von vorne los? „Steffenson!" Er blinzelte in ein grelles Licht und zwang sich dazu, etwas zu erkennen. Er sah einen hellen Punkt, der immer größer wurde, bis sich daraus ein Gesicht formte. Es war Stehler, der sich zu ihm hinunterbeugte, seinen Kopf hielt und eindringlich auf ihn einredete. „Überlassen Sie ihn dem Doktor", ein Krankenpfleger nahm den Kommissar behutsam zur Seite: „Er phantasiert. Man wird ihm etwas zur Beruhigung geben!" Joachim wandte sich an den Arzt, der gerade dabei war, ihm das Medikament in die Armbeuge zu spritzen: „Moment, eine Frage habe ich noch!" Er beugte sich wieder zu seinem Freund herunter und flüsterte fast: „Maria und der Kleine warten auf dich, Andy! Was ist passierte?" Es dauerte eine ganze Weile, bis er endlich den Hauptkommissar erkannte. Dann endlich schloss er die Augen und hielt die dargebotene Hand seines Freundes fest: „Danke!" sagte er, „jetzt bin ich endlich in Sicherheit! Kröger ist über das Geländer gestürzt. Pass auf mich auf, denn ich fürchte, dass er den Sturz überlebt hat und sich an mir rächen wird. Meinst du nicht au . . ." Der Arzt hatte seinen Arm genommen, er konnte es nicht länger verantworten und hatte Steffenson ein starkes Narkotikum verabreicht, dass sofort wirkte und ihn augenblicklich von seinen Schmerzen und Gedanken befreite. Sein Kopf fiel wieder kraftlos zur Seite und die Sanitäter brachten Steffenson auf einer Trage zu dem bereitstehenden Krankenwagen.

Kröger war nicht in die Weser gestürzt. Er war hart auf den angeschütteten Ufersteinen aufgeschlagen. Selbst wenn er den Sturz überlebt hätte, wäre er kurz danach dennoch gestorben, denn er war von einer verwilderten, streunenden Katze angegriffen worden, die an Tollwut litt. Sie lag wenige Meter von ihm entfernt, schwer verletzt und mit Schaum vor dem Maul auf den Steinen. Der Arzt gab ihr eine Spritze und befreite sie so von ihren Leiden. Spätere Recherchen hatten eindeutig ergeben, dass Kröger tatsächlich der Verfasser des Schreibens und auch der gesuchte Massenmörder war. Sein Plan, die Finanzen auf diese Art zu regeln und gleichzeitig sich als perfekten Beamten zurück zu melden war eindeutig fehlgeschlagen. Er hatte von Neid zerfressen immer an den Träumen von Steffenson gezweifelt, hatte innerlich die Existenz der Katze geleugnet und war doch durch ein Tier der gleichen Gattung letztendlich selbst überführt worden. Die angebliche Entlassung Steffenson's aus den Diensten der Kriminalpolizei wurde allen Mitarbeitern im Nachhinein erklärt, denn ohne diese Maßnahme wäre es nie dazu gekommen, den Nestbeschmutzer zu entlarven. Natürlich arbeitet Andreas wieder mit den alten Kollegen zusammen. Auf sein Bitten wurde ihm die Teilnahme an Lehrgängen erlaubt, denn er will sich noch besser als Profiler ausbilden und schulen lassen, damit er die Zusammenhänge mit den Träumen und Hinweisen seines Traumbegleiters schneller verstehen und beachten könnte. Sollten weitere Mordfälle ungeklärt bleiben, so wird er seinen Lehrgang sofort unterbrechen, denn er hat wieder Spaß an seiner Arbeit gefunden und genießt die Anerkennung, die ihm durch seine Erfolge widerfährt.

Maria hatte verstanden, dass es eine wichtige Tätigkeit war, die ihr Mann für die Kriminalpolizei leistete, aber ihre Gedanken kreisten trotz allem doch immer wieder um die entscheidende Frage, die sie Steffenson schon so oft gestellt hatte. Woher hatte er diese Fähigkeiten?

Bücher von Roman Schmidt:
Anno 1379 An Rhenus und Wippera (Krone Verlag) **200 S. SU** ISBN 978 3 940 48687 5
Hermann Vom Leibeigenen zum Ritter
200 S. SU (Krone Verlag) **200 Seiten SU** ISBN 978 3 940 48688 2

Die folgenden Bücher von B.o.D. Norderstedt sind auch als E-Books erhältlich:
Die weiße Traumkatze 1 **184 Seiten PB**
ISBN 978 3 734 73530 1
Geheimnisvolles Familienerbe 72 Seiten PB
ISBN 978 3 734 73810 4
ZWÖLF MAL ROMAN plus X
296 Seiten PB Neuauflage der Bücher : ZWÖLF MAL ROMAN / Habgier +7, sowie Kreuzfahrt ins Ungewisse
Ron`s Krimis 1 + 2 **296 Seiten PB**
(Neuauflage beider Bücher)
Roman`s Mittelalter 1 **300 Seiten PB**
(Neuauflage von Mittelalter- Büchern)
Roman`s Mittelalter 2 **296 Seiten PB**
(Neuauflage von Mittelalter- Büchern)